Alain Claude Sulzer

Fast wie ein Bruder

ALAIN CLAUDE
SULZER

Fast wie ein Bruder

Roman

Galiani Berlin

ERSTER TEIL

I

Frank war zweiunddreißig, als er starb, genauso alt wie ich. Wir kannten uns einunddreißig Jahre lang, und dann war er einfach weg. Was absehbar gewesen war, war geschehen.

Wir hatten im selben Haus gelebt und waren gemeinsam aufgewachsen, zwei Einzelkinder, die, wenngleich von zwei verschiedenen Elternpaaren, beinahe wie Zwillingsbrüder erzogen wurden, nur dass wir – wie es damals bei Zwillingen noch üblich gewesen wäre – nicht die gleichen Kleider trugen und auch nicht im selben Bett und nicht im selben Zimmer schliefen. Auch sahen wir uns nicht ähnlich.

Sagen wir also, wir lebten wie nahe Verwandte. Wir kannten uns so lange, dass wir uns nicht daran erinnerten, wann uns klar geworden war, dass wir keine Brüder waren; als wären wir tatsächlich Geschwister, mussten wir uns darüber den Kopf nicht zerbrechen. Es war wie es war.

Lange Zeit waren wir unzertrennlich. Unsere Mütter schoben uns gemeinsam durch die Gegend; zwar hatte jeder seinen eigenen Kinderwagen, auf den wenigen Fotos, die damals von uns gemacht wurden, erkennt man allerdings beinahe identische Modelle mit stromlinienförmigen Elementen. Dazu Chrom für den Glanz und Plastik für den Schutz des Kindes vor Sonne und Regen. Gemeinsam besuchten wir den Kindergarten und später die Grundschule und das Gymnasium. Wir spielten miteinander im Sandkasten auf dem Spielplatz – hinterm Haus gab es keinen und davor auch nicht, obwohl die Größe der Wohnanlage dies eigentlich erfordert hätte –, wir zündeten beide in derselben Minute unsere erste Zigarette am selben Streichholz an und machten gleichzeitig unseren ersten Zug. Das lustvolle Erschrecken über die Wirkung war wohl ebenfalls das Gleiche.

Erst als wir unsere Sexualität entdeckten, zeigten sich die ersten Unterschiede.

Unsere Eltern hatten sich kennengelernt, als sie am selben Tag ins selbe Haus einzogen. Zwei Möbelwagen standen auf der Straße.

Dieses schicksalhafte Zusammentreffen im Jahr 1962 – Frank und ich waren ein Jahr alt – wurde von den Erwachsenen jeweils Anfang Mai wie ein Hochzeitstag begangen. Die Besiegelung einer lebenslangen Freundschaft verwandter Geister, die sie ja wirklich waren, wurde stets mit Sekt und Häppchen gefeiert (entweder Lachs oder »Tatar«, wobei es sich in Wahrheit um

Schweinemett mit viel Kapern und Zwiebeln handelte). Mit jedem neuen Jahr erinnerte man sich etwas euphorischer und ausführlicher des legendären Umzugstags sowie des Augenblicks, als man sich zum ersten Mal gegenübergestanden und festgestellt hatte, dass man gerade dabei war, die beiden leer stehenden Wohnungen im zweiten Stock – ohne Aufzug – zu beziehen. Zwei Familien am Wendepunkt, der Grundstein der Unzertrennlichkeit war gelegt.

Von nun an wohnten wir also im selben Haus auf derselben Etage, wir links, Reimers rechts. Zwei Stockwerke unter uns wohnten die Zigeuner, vor deren Wohnungstür sich die Schuhe unordentlich übereinanderstapelten. In ihrer Wohnung, in die sie den Straßendreck nicht hineintragen wollten, gingen sie barfuß oder in Strümpfen, vielleicht trugen sie Hausschuhe. Auch wenn es die anderen Hausbewohner störte, es war unbestreitbar hygienischer, als die Wohnung in Straßenschuhen zu betreten. Doch keiner von uns wurde je hereingebeten, so wie auch wir nie einen Zigeuner eingeladen hätten. Die Zigeuner sprachen gebrochen Deutsch, beherrschten aber noch eine zweite Sprache, die wir nicht verstanden.

Es hieß, die vier Reihenwohnblocks seien unter der Bedingung subventioniert worden, dass pro Haus eine Wohnung für Zigeuner, die sich zur Sesshaftigkeit entschlossen hatten, zur Verfügung gestellt würde. Ob das stimmte oder bloß ein Gerücht war, weiß ich nicht.

Was man mit eigenen Augen sah, war ein fortwährendes Kommen und Gehen. Täglich entdeckte man neue Gesichter, ständig wechselnde Autos, mit denen die Zigeuner einmal im Jahr Richtung Süden, vermutlich zur Wallfahrt nach Saintes-Maries-de-la-Mer, fuhren. Mit ihnen zu reden, kam nicht in Frage. Die Jungen sprachen nicht mit uns und wir nicht mit ihnen, die Mädchen waren bestenfalls schnippisch und frech und streckten einem die Zunge heraus, sobald man sie ansah. Sie gaben uns zu verstehen, dass sie nichts mit uns zu tun haben wollten. Opel fuhr keiner, obwohl diese Autos damals in unserer Stadt hergestellt wurden, worauf man stolz war, bis es damit abwärtsging. Sie fuhren Mercedes wie wohlhabende Leute.

Die jungen Zigeunerinnen hingen von morgens bis abends am Fenster, schnalzten mit den Zungen, zogen spöttische Grimassen und machten anzügliche Bemerkungen, mit denen sie uns zu verstehen gaben, dass sie kleine Jungs nicht ernst nahmen. Sie liebten die Provokation, und wir ließen uns provozieren und wehrten uns nicht.

Wie erst mochten sie sich gegenüber erwachsenen Männern verhalten? Wir erfuhren es nicht, weil wir nicht danach fragten. Immerhin wusste man, dass die männlichen Zigeuner, die man irgendwann auch bei uns Roma zu nennen begann, nicht mit sich spaßen ließen. Es hieß, jeder führe ein Messer mit sich, für Notfälle, Übergriffe und zur Verteidigung. Sollte sich ein Deutscher in eindeutiger Absicht einer Romni nähern, drohte ihm Ungemach. Es hieß, dass die Zigeuner keine Skrupel hätten, Konkurrenten, die nicht aus dem eigenen Lager stammten, aus dem Weg zu räumen, indem man sie erstach, genauso wie Carmen in der Oper erstochen wurde, nur dass deren Mörder kein Zigeuner war (das erzählte mir Frank; ich habe mich nie für Oper interessiert).

»Ignoriert sie«, sagte meine Mutter.

»Achtet nicht auf sie, schaut weg«, sagte Franks Mutter, wie immer waren beide einer Meinung.

Leichter gesagt als getan, wenn die Mädchen hinter einem her zischelten, sobald man das Haus verließ, dessen Eingangstür meist sperrangelweit offen stand, als gehörte sie ebenso zur Zigeunerwohnung wie der Treppenabsatz mit der Schuhablage. Eigentum und die damit einhergehenden Einschränkungen schienen sie nicht zu kennen. Es hieß ja auch, dass sie klauten wie die Raben.

Wenn Nachbarn in anderen Häusern der Umgebung gelegentlich auch etwas anderes behaupteten, wurde bei uns tatsächlich nie gestohlen, weder aus den Wohnungen noch aus den Kellern oder Waschküchen kam je etwas weg. Man lebte so friedlich nebeneinander her wie nur möglich, indem man genau das tat, was unsere Mütter uns einschärften: ignorieren.

Sämtliche Balkone lagen nach hinten mit Blick auf die Schrebergartenanlage, deren Konturen sich labyrinthartig in der Ferne verloren. Grund und Boden, auf dem die Kleingärten entstanden waren, galten damals noch nicht als problematisch; die Gifte, die unter den Blumen, Salaten und Kohlstrünken lauerten, interessierten niemanden. Die Kaninchen, die die besten Teile fraßen, waren nebst den Schnecken und anderem Ungeziefer das größte Problem, das die Kleingärtner beschäftigte. Man stolperte buchstäblich über sie, und eine Weile zielten wir kaltblütig mit Steinschleudern darauf, ohne je eines der Tiere zu treffen. Schlug ein Stein neben ihnen auf, stoben sie zur Seite; ein paar Meter entfernt ließen sie sich erneut nieder und fraßen seelenruhig weiter.

Über giftige Ablagerungen sprach man damals, als Umweltschutz und Klimaerwärmung noch kein Thema waren, nicht einmal beim Feierabendbier. Es gab genug anderes zu bequatschen. Es wuchs ja alles gut. Wenn die Kaninchen überlebten, was der Bergbau an unsichtbaren Spuren hinterlassen hatte, konnte es bei den Menschen erst recht keine größeren Schäden anrichten.

Das Trennglas zwischen den Balkonen hatten unsere Väter eines Tages innerhalb einer knappen Stunde umsichtig entfernt, ohne es zu beschädigen; beim Auszug der einen oder anderen Partei sollte der Balkon wieder in seinen ursprünglichen Zustand versetzt werden – so war es von der Hausverwaltung, die man selbstverständlich um Erlaubnis gebeten hatte, verlangt worden. Bestehen blieb ein einfacher Rahmen aus Eisenstangen, zwischen dem sich auch Erwachsene hindurchwinden konnten. Mit Leichtigkeit gelangten wir von einem Balkon zum anderen. Himmel, was hatten wir doch für ein lustiges Leben. Wir wussten nicht, wie gut es uns ging.

Von hier aus konnten wir die Liebespaare beobachten, die im Schutz der dichten Kleingartenhecke knutschten, einmal sogar zwei Frauen, eine Jüngere und eine Ältere, die sich händchenhaltend aneinanderdrückten und küssten. Wir lachten uns halb tot, sie konnten uns nicht hören. Es war unheimlich peinlich. Wir erzählten es deshalb nicht weiter.

Schon bald nach dem Einzug stellten unsere Eltern fest, dass Franks Mutter Marie (Mariechen genannt) am selben Tag im Juli Geburtstag hatte wie meine Mutter Rosemarie (Rosie genannt), was die Bande zwischen den Ehepaaren noch enger knüpfte. So lange wie die zwischen Frank und mir jedoch hielten sie nicht. Der Tod kam dazwischen.

Die Zeit hält niemand auf, sie fordert ihr Recht nach ihren eigenen Gesetzen. Erst erkrankte Marie an Krebs, dann Rosemarie.

Unsere Mütter starben kurz hintereinander im selben Jahr, in einem Abstand von weniger als vier Monaten beide an Brustkrebs – erst Franks, dann meine Mutter. Beide lagen im *Bergmannsheil,* dem nahe gelegenen Krankenhaus, in dem sich alle behandeln ließen, denen der Hausarzt mit Cognac, Spalttabletten und gutem Zureden nicht weiterhelfen konnte. Uns schien es, sie seien im selben Zimmer gelegen, denn ein Zimmer sah aus wie das andere und beide hatten denselben Ausblick. Es war unheimlich. Wie oft saß ich mit meinen stummen Eltern in diesem Zimmer. Was sollte ich denken, es gab nichts zu denken. Und Frank ging es ebenso. Wir haben natürlich darüber gesprochen.

Was mit unseren Müttern geschah, war für uns siebzehnjährige Einzelkinder, die wir zum ersten Mal mit dem Sterben konfrontiert wurden, empörend; für unsere Väter war es unfassbar. Sie waren so unglücklich und verzweifelt, dass wir reflexartig von ihnen wegrückten. Ihr Schmerz, ihre Tränen, ihre Unbeherrschtheit berührten uns so peinlich wie ihre unbeholfenen Versuche, uns durch körperliche Nähe an sich zu fesseln. Wenn mein Vater mich umarmen wollte, wich ich zurück. Meine Mutter war zu schwach, um es ihm gleichzutun.

Wir wollten fliehen. Wir konnten nicht.

Nach dem Tod ihrer Ehefrauen verbrachten unsere Väter zunächst so gut wie jede freie Minute miteinander. Jeder schien in der Trauer des anderen aufgehoben. Die Vorstellung, unsere Eltern unterhielten ein Vierecksverhältnis, wie Frank und ich einst gemutmaßt hatten, war zu diesem Zeitpunkt bereits in weite Fernen gerückt; uns war inzwischen klar geworden, dass es sich bei dieser Unterstellung um pubertäre Fantasien gehandelt hatte, die uns darüber hinwegtrösteten, selbst noch keine sexuellen Erfahrungen gemacht zu haben. Sie gaukelten uns vor, etwas davon zu verstehen.

Kein Jahr nach dem Ableben unserer Mütter zogen wir weg, mein Vater und ich nach Stuttgart, Frank und sein Vater nach München, zwischen den Umzügen lagen nur wenige Tage, beim Einpacken war man sich gegenseitig behilflich. In dieselbe Stadt zu ziehen, erwogen die Väter offenbar nicht. Vielleicht waren sie ihres doppelten Leids überdrüssig geworden, vielleicht hatte der Schmerz ihre Freundschaft erschöpft.

Die geografische Veränderung erwies sich als Glücksfall, denn beide lernten bald neue Partnerinnen kennen. Wären sie gemeinsam in die eine oder andere Stadt gezogen, wäre das vielleicht nicht passiert und sie wären beide irgendwie untergegangen.

Dass Frank und sein Vater wegzogen, war allerdings keine freiwillige Entscheidung; schuld daran war der Skandal um Frank, den Franks Mutter zum Glück nicht mehr erleben musste.

Die Beziehung unserer Eltern war so eng, dass sie Bekanntschaften, gar Freundschaften mit anderen Hausbewohnern ausschloss, was nicht hieß, dass wir nicht angehalten wurden, zu allen freundlich zu sein, besonders aber zu den Höbels, die unter uns wohnten.

Herrn Dr. Höbel und seiner Frau konnte man jederzeit im Treppenhaus begegnen, doch sah man sie stets allein, jeder ging entschieden seiner eigenen Wege, ich habe sie nie zusammen gesehen, nie verließen sie gemeinsam das Haus, und selbst wenn sie einmal beide unter der Tür standen, wirkten sie wie zwei Fremde, die sich aneinander vorbeidrängten, wobei sie streng darauf achteten, sich nicht zu berühren.

Als Dr. Höbel noch arbeitete, hatte seine Frau – eine elegante, stets gut gekleidete Erscheinung – drei Söhne großgezogen, die längst aus dem Haus waren und sich nie blicken ließen. Es hieß, alle drei studierten, doch wusste niemand, wo.

Auch Dr. Höbel war, wie unsere Väter und überhaupt die meisten Männer im Revier, im Bergbau tätig gewesen, doch der hatte auf dramatische Weise an Bedeutung verloren. Stellen hatte es lange Zeit für jede nur denkbare Funktion gegeben, vom Hilfsarbeiter bis zum Direktor, von der Putzkraft bis zum Betriebsarzt; jetzt nicht mehr. Weit und breit war Dr. Höbel der einzige Mensch, der einen Doktortitel trug – ein Dr. gehörte ja eigentlich nach Stiepel oder Weitmar in ein Einfamilien- oder Reihenhaus –, was umso kurioser war, als er, jedenfalls nach unserem beschränkten Verständnis, eher wie ein Beamter als ein Studierter aussah. Er hatte keine Ähnlichkeit mit der Idee, die wir uns von einem Akademiker machten, der nicht Arzt war. Tatsächlich war er weder kaufmännischer Angestellter noch Jurist, sondern promovierter Bergbauingenieur – worunter wir uns natürlich nichts vorstellen konnten.

Dr. Höbel war scheu und kam einem beim Grüßen immer zuvor. Selbst uns Kinder grüßte er zuerst, als fürchte er Schläge, wie Frank einmal bemerkte, eine Beobachtung, für die ich ihn bewunderte. Ich selbst wäre nicht einmal darauf gekommen, sie zu denken. Mein Vater arbeitete als Prokurist bei der Bundesknappschaft, Franks Vater war stellvertretender Gewerkschaftssekretär bei der IG Bergbau und Chemie.

Natürlich wunderten wir uns, dass Dr. Höbel so oft im Keller anzutreffen war, und wir fragten uns, was er da unten trieb. Nach dem Auszug der Kinder war seine Wohnung mehr als groß genug für zwei Erwachsene, Platzmangel, der ihn zum Ausweichen gezwungen hätte, herrschte also keiner. Dass er einem Hobby nachgegangen wäre, das einen abgedunkelten Bastelraum erforderte, war nicht zu erkennen. Schickte ihn seine Frau in den Keller, weil sie seine Gegenwart nicht ertrug?

Begegnete man ihm auf der Treppe, ging er in den Keller. Begegnete man ihm an der Haustür, ging er ebenfalls in den Keller oder kam gerade von dort. Hielt man sich im Keller auf, hörte man ihn in seinem Abteil rumoren; war nichts zu hören, erkannte man am Licht, das unter der Tür seines Abteils hindurchschien, dass er da war. Manchmal lief das Radio, leise und zurückhaltend wie er selbst. Einmal glaubten wir ein Zischen zu hören und überlegten uns, ob er wohl Schlangen oder andere gefährliche Reptilien hielt. Ein paar Tage lang bauten wir diese Geschichte so weit aus, bis wir uns vor unseren eigenen Einbildungen zu fürchten begannen – wir waren ja erst neun oder zehn.

Wir fanden lange nicht heraus, was sein Hobby war, weil er seinen Bretterverschlag von innen mit Tüchern und Papier verhängt hatte, als habe er etwas zu verbergen.

Es waren nicht unsere diskreten Eltern, die uns schließlich auf die Sprünge halfen, wir kamen selbst darauf, nachdem wir uns beinahe an Dr. Höbels Kellerexistenz gewöhnt hatten. Als ich eines Abends nach unten geschickt wurde, um die Waschmaschine zu leeren und die Wäsche aufzuhängen, was zu den lästigen Aufgaben gehörte, die ich seit Kurzem zu erledigen hatte, stand er mir plötzlich im feuchten Trockenraum gegenüber und fragte mich nach der Uhrzeit. Nach der Uhrzeit und dem Wochentag und am Ende auch nach dem Jahr; sein Atem roch so stark nach Alkohol, dass ich einen Schritt zurückwich. Und nicht nur, dass er mich nach dem Datum fragte, das er doch kennen musste, er lallte auch. Und er war unsicher auf den Beinen. Nachdem ich ihm Auskunft gegeben hatte, ohne mir anmerken zu lassen, dass mir sein Zustand nicht entging, wankte er davon und verschwand hinter der Tür seines Kellerabteils, dabei murmelte er mehrmals »Danke« und »Entschuldigung«, aber auch »Verdammte Kacke«, als er mit dem Fuß irgendwo anstieß.

Während andere sich in der *Panzergrotte,* im *Bänksken* – wo sich die Leute vom Theater trafen – oder einfach an der nächsten Bude volllaufen ließen, zog er sich also in den Keller zurück, wo er ungestört war und wo ihm niemand Vorwürfe machen konnte, er sei betrunken, vor allem nicht seine Frau. Wenn wir uns bis dahin einen Rest Achtung für Dr. Höbel bewahrt hatten, war dieser nun dahin. Sah ich ihn von jetzt an auch nur von Ferne, suchte ich das Weite.

2

Die abgedroschene Redewendung war zutreffend: Frank traf es wie ein Blitz aus heiterem Himmel, als er mit etwa fünfzehn eine große Werkschau des Malers Sigmar Polke in der Düsseldorfer Kunsthalle besuchte. Polke war damals schon ein gemachter Mann.

Nach diesem Besuch war Frank wie ausgewechselt, seine Vorlieben veränderten sich mit einem Schlag, plötzlich hatte er ein Ziel vor Augen. Dass er sich im Gegensatz zu mir schon seit einiger Zeit für Malerei interessierte, war mir nicht entgangen, aber schließlich hatte er sich schon früher zum Beispiel für klassische Musik interessiert, während ich lieber nach Heftchen mit nackten Frauen Ausschau hielt – die ersten fand ich im Nachtschränkchen meines Vaters –, alle möglichen Salben gegen Pickel ausprobierte und versuchte, Mädchen auf mich aufmerksam zu machen, ohne durchschlagenden Erfolg.

Dass er mich mit seiner Begeisterung nicht anstecken konnte, betrübte ihn nicht allzu sehr, er fand sich schnell damit ab. Sein Vater blieb ebenfalls reserviert. Auch er konnte Franks Enthusiasmus nicht teilen, während ich beifällig nickte, obwohl mein künstlerischer Horizont in Wahrheit nicht über Picasso und Käthe Kollwitz hinausging. Da Franks Vater ein aufgeschlossener Mensch war, dem das Wohl seines Sohnes über alles ging, unterstützte er ihn aber, so gut es ihm seine bescheidenen Mittel erlaubten.

Die Veränderung war nicht zu übersehen. Er musste mir nicht mit Metaphern und großen Worten kommen, damit ich sie bemerkte. Er lag mir mit Polke, der ihm bis vor Kurzem genauso unbekannt gewesen war wie mir, so lange in den Ohren, bis ich zusagte, ihn nach Düsseldorf in die Kunsthalle zur großen Retrospektive dessen bisherigen Schaffens zu begleiten. Wir waren mit Abstand die jüngsten Besucher und wurden entsprechend bestaunt. Obwohl keine jugendgefährdenden Bilder ausgestellt waren, hatte man sich an der Kasse sogar nach unserem Alter erkundigt.

Gehorsam folgte ich Frank von Saal zu Saal, konnte seiner Schwärmerei aber nichts abgewinnen. Ich war nicht ergriffen, ich sah nicht, was er sah, ich verstand nicht, was sich ihm offenbarte, ich begriff nur, dass der Eindruck, den diese Raster und Streifen, Formen und Farben auf ihn machten, gewaltig war. Ich hingegen war für all das blind.

Für mich blieben es Hinweise auf eine Unordnung, die sich all dem entgegenstemmte, was man uns beigebracht hatte. Wie gut diese düstere, pastose Malerei zu Frank passte, verstand ich hingegen; ich kannte ihn offenbar besser, als mir bewusst war. Wie einen Bruder eben. Ich erkannte seine Welt, die sich im Handumdrehen in Düsternis verwandeln und unversehens wieder aufhellen konnte. Seine Stimmungsschwankungen gehörten ebenso zu ihm wie die vollen Haare, die ihm inzwischen bis über die Schultern fielen (die Mädchen, die sich nach ihm umdrehten, beneideten ihn womöglich darum). Ohne zu ahnen, wie groß das Chaos in seinem Innersten war, hatte ich begriffen, dass ihn etwas quälte, was jenseits meiner Erfahrungen, ja meines Vorstellungsvermögens lag. Frank schien sich in Tiefen zu bewegen, die mich vielleicht verschlungen hätten. Er sprach nicht darüber. Ich beneidete ihn so wenig darum, wie ich ihn bedauerte. Wir kannten uns viel zu lange, um dem anderen mehr Aufmerksamkeit zu schenken, als nötig war. Auch so verständigten wir uns mühelos. Wir waren noch immer wie Brüder.

Unser Ausstellungsbesuch hatte die Qualität eines Wegweisers. Von dem Tag an wollte Frank Maler werden. Entscheidung und Richtung waren wie in Stein gemeißelt. Nichts anderes kam infrage. Da war ich ihm weit hinterher. Ich hatte keine Ahnung, wie meine Zukunft aussehen sollte. Ich hatte weder ausgefallene Wünsche noch besondere Vorstellungen.

Schon am nächsten Tag zeigte er mir erste Skizzen, die den Bildern, die wir in Düsseldorf gesehen hatten, täuschend ähnlich sahen, nur kleiner und ziemlich unbeholfen, aber alles andere als zaghaft. Die Wegstrecke vom Betrachten zum Erinnern und zur Aneignung war sehr kurz gewesen. Als ich ihn auf die Ähnlichkeit hinwies, fasste er das nicht etwa als Kritik, sondern als Kompliment auf. Er war so weit in die Welt seines Idols vorgedrungen, dass er gar nicht anders konnte, als sich mit ihm zu identifizieren. Frank zeichnete von nun an unentwegt und überall, zu Hause, im Freien, in der Schule, und als er während des Unterrichts erwischt wurde, versuchte er erst gar nicht, das zu verbergen, was der Lehrer als »Schmierereien« bezeichnete.

Unbeeindruckt davon füllte Frank Blatt für Blatt, Heft um Heft, zwischen ihm und dem Papier schien es keinen freien Raum zu geben. Er muss diese Hefte in einer Papeterie gekauft haben, Supermärkte führten dieses ungewöhnliche rechteckige Format nicht. Das Grafit der stumpfen dicken Bleistifte, mit denen er zeichnete, ließ sich kaum noch von seinen Fingern abwaschen; die grau schimmernde Schicht erinnerte an Schildpatt. Meine ahnungslosen Kommentare waren überflüssig, aber ich gab sie ab, weil ich glaubte, dass er von mir irgendeine Reaktion erwartete, und sei sie noch so dumm. Ich täuschte mich nicht. Er war begierig, etwas zu hören. Doch meine Bemerkungen waren bloß schwache Echos auf seine Rufe um Aufmerksamkeit. Er war überzeugt, bald seine erste Ausstellung organisieren zu können. Ich widersprach ihm nicht. Ich fand ja gut, was er machte, und war auf seinen kommenden Ruhm nicht neidisch.

Er schickte seine Skizzen und Zeichnungen an Galeristen in Köln und Düsseldorf – keine Ahnung, woher er deren Adressen hatte – und erhielt manchmal sogar Antworten, die ihn ermutigten, sich nach dem Abitur um die Aufnahme bei einer Kunsthochschule zu bewerben. Auch die Spezialisten erkannten offenbar seine Begabung, und wenn es nur die war, einen anderen so gut wie möglich zu imitieren.

Wir sahen uns seltener, an manchen Tagen telefonierten wir nur. Angesichts der Tatsache, dass uns nur eine Wand trennte, war diese Art der Kommunikation natürlich absurd, andererseits entsprach sie unserem Alter.

Wir lösten uns allmählich voneinander. Dass Fremde uns für Brüder hielten, kam nicht mehr vor. Ob ich mir nur einbilde, dass wir gewisse Gesten, die uns früher gemeinsam gewesen waren, weil wir sie einander abgeschaut hatten, abzulegen begannen?

Einmal sah ich Frank von Weitem in der Fußgängerzone vor einem Schaufenster stehen und sich darin betrachten. Es war, als beobachtete ich einen Fremden, und ich fragte mich, ob er das früher auch getan hatte. Früher hätte ich ihn nicht heimlich beobachtet, sondern wäre auf ihn zugestürmt.

Wie soll ich die schrecklichen Tage beschreiben, die dazu führten, dass wir mit unseren Vätern aus Bochum wegzogen? Während wir – im Gegensatz zu ihnen – nicht vorgehabt hatten, den Rest unseres Lebens hier zu verbringen, hatten sie bis dahin wohl keinen Augenblick daran gedacht, die Stadt zu verlassen. Auch wir hatten es nicht eilig, bis das Schicksal uns keine andere Wahl ließ.

In den ersten Tagen nach dem Eklat ging ich Frank aus dem Weg. Ich versuchte so zu tun, als geschehe das ohne Absicht. *Mach dir nichts draus* zu sagen, war mir nicht möglich. Ich konnte ihm nicht einfach auf die Schulter klopfen. Lieber schweigen als lügen. Ich war ein Fremder in Franks Land geworden. Dass er aus der Sache ein Geheimnis gemacht hatte, zeigte mir deutlich genug, was er von mir hielt, doch das wurde mir erst später klar. Mich nicht eingeweiht zu haben, hieß, mir nicht zu vertrauen.

Auch wenn wir die Kluft, die uns zeitweise trennte, später wieder überwanden, sprachen wir nur ein Mal über den Skandal. Hätte Frank davon angefangen, wäre ich der Auseinandersetzung nicht ausgewichen. Ich hätte zugehört.

Das Bild mag schief sein, aber es drängt sich mir heute wie gestern auf: Wie Lots Frau konnte ich den Blick vom Unglück nicht abwenden, das Frank mit voller Wucht traf. Und ich verhielt mich wie ein Schaulustiger angesichts eines Verkehrsunfalls, abgestoßen und angezogen zugleich, als blickte ich – versteinert zwischen Widerwillen und Neugier – auf ein regloses Opfer, das sich nicht wehrte. Er konnte einem wirklich leidtun. Endgültig war er kein Kind mehr, und auch ich war nicht mehr derselbe. Doch ich konnte ihm nicht helfen.

Es war mir unmöglich, mich an Franks Stelle zu versetzen. Während er im Mittelpunkt der allgemeinen Hysterie stand – es wurde ja vor allem geschrien – und ganz genau wusste, worum es ging, wurden die Väter und ich von den Ereignissen regelrecht überrollt. Danach war nichts mehr wie früher. Ich war auf dem Weg, erwachsen zu werden, und Frank war es bereits.

Das Erste, woran ich mich erinnere, ist ein dumpfer Schlag, der mich aus dem Schlaf riss. Ich hatte geträumt, ein Baum, auf den ich hinaufgeklettert war, werde gefällt. Als ich einen zweiten Schlag hörte, dachte ich, jemand haue mit Wucht auf einen Nagel oder trete gegen eine Tür. Aber das war es nicht. Es war ein Hämmern im Hausflur, und das Hämmern wurde von einer männlichen Stimme begleitet, die immer wieder »Matteo« schrie. Ich kannte keinen Matteo.

Kein Hammer, kein Nagel, ein Mensch, eine Faust, bestimmt keine Frau. Das war deutlich und unmissverständlich. Aber warum rief er »Matteo«? Gegen welche Tür wurde geschlagen?

Es war kurz vor zehn, das sah ich auf den Leuchtziffern des Weckers. Ich saß kerzengerade im Bett, dann auf dem Bettrand, dann tasteten meine Zehen im Dunkeln nach den Hausschuhen, dann meine Finger nach dem Schalter der Nachttischlampe. Schläge gegen die Tür. Ich machte Licht. »Matteo!«

Da meinte es einer offenbar ernst. Ich sah auf die Poster an der Wand gegenüber: Elvis und die Stones. Wer zu diesem Zeitpunkt schon geschlafen hatte, war nun wieder wach. Der Lärm konnte niemandem entgehen. Ich sprang aus dem Bett. Es kamen hohe weibliche Stimmen hinzu. Jetzt war ich mir sicher, es waren die Zigeuner. Nie hatte ich einen von ihnen auf unserem Stockwerk gesehen.

Auch mein Vater, der vor dem Fernseher eingenickt war, hatte sich vom Sofa erhoben.

Es folgten harte explosive Sätze, die ich nicht verstand, das war weder Deutsch noch sonst eine mir bekannte Fremdsprache. Es klang gehetzt, als würden die Silben zerbissen. Die brennende Wut.

»Deschide! Afară! Imediat!«

Innerhalb weniger Sekunden standen mein Vater und ich nebeneinander in unserer engen Diele zwischen Tür und Vertiko, auf dem ein Paar Handschuhe lagen. Es waren die Handschuhe meiner Mutter, die hier lagen, seit sie sie zum letzten Mal getragen hatte. Mein Vater schaute durch den Spion. Er drehte sich zu mir um, sagte aber nichts. Dann öffnete er die Tür.

Im Hausflur mit dem grauweiß gesprenkelten Steinboden wimmelte es von Menschen, Nachbarn von unten und oben drängten sich zusammen, ich entdeckte auch beide Höbels, alles in allem etwa zwanzig Menschen, darunter auffallend viele Zigeuner, auch Kinder, die sich auf der Treppe stauten, mehr Mädchen als Jungen, sie waren alle barfuß, sie hatten alle schwarzes Haar und braune Augen und wirkten hellwach. Sie standen vor Franks Wohnung.

Wir sahen, wie Dr. Höbel auf den Tobsüchtigen zutrat und ihn zu besänftigen versuchte, doch der hämmerte unbeirrt weiter gegen die Tür und war nicht zur Vernunft zu bringen. Dr. Höbel wich zurück, als der Zigeuner die Hand gegen ihn erhob. Die Menschen hielten die Luft an, ein paar schrien. Ich hatte den Mann nie zuvor gesehen. Er mochte um die vierzig sein und war kampfbereit wie ein kleiner, gereizter Stier. Zweifellos würde er sein Messer einsetzen, wenn er es für nötig hielt. Er schlug erneut gegen die Tür. Jemand rief nach der Polizei.

Eine ältere Frau mit zwei herausfordernd vorstehenden goldenen Schneidezähnen – die übrigen Zähne fehlten – bahnte sich mit ausgestellten Ellbogen und schrillen Schreien einen Weg zu dem Rasenden. Es wurde kurze Zeit fast still.

Augenblicklich überließ ihr der Mann die Bestimmungsgewalt – in welchem familiären Verhältnis die beiden zueinander standen, wusste ich nicht; dass sie das Sagen hatte, war jedenfalls unverkennbar. Dass Sinti und Roma in großen Familienverbänden organisiert sind, hörte ich erst später. Offenkundig besaß die mit buntem Schmuck behängte alte Frau mehr Autorität als der Mann, den sie zur Seite schob, um nun mit schamloser Unverfrorenheit ihr Ohr an die Tür zu pressen und zu horchen. Da sich nichts regte, klopfte auch sie. Sie klopfte in kurzen Abständen dreimal. Auch wenn es nicht besonders laut war, war ihr Klopfen ein Befehl, dem man Folge zu leisten hatte. Es war hart und trocken, als poche der Knochen direkt aufs Holz. Da keine Reaktion erfolgte, rief auch sie: »Matteo!« Daraufhin riefen auch die anderen Zigeuner: »Matteo«.

Es war unmöglich, dass dieser Appell im Inneren der Wohnung nicht gehört wurde.

»Warum macht er nicht auf? Wer ist Matteo?«, fragte ich meinen Vater, der mich nicht hörte, es war viel zu laut. Was hatte Matteo, ein Fremder, in der Reimers'schen Wohnung zu suchen? Und wo war Franks Vater?

Sofern wir in der Aufregung überhaupt dazu kamen, wunderten wir uns höchstens darüber, dass der Tumult vor seiner Wohnungstür ihn nicht geweckt hatte. Dass er nicht zu Hause war, kam uns gar nicht in den Sinn. Es wurde uns erst klar, als wir ihn jetzt auf der Treppe erblickten. Er trug seinen Übergangsmantel, einen beigen Trenchcoat, wie er damals Mode war, den Gürtel festgezurrt, ein großer, schlanker Mann, der seit dem Tod seiner Frau noch dünner geworden war. Er blickte sich entgeistert um, nachdem es nur Sekundenbruchteile gedauert hatte, bis er bemerkte, vor welcher Wohnung sich die Menschenmenge zusammengerottet hatte. Ihrerseits kapierten in diesem Moment auch die Zigeuner, wer dieser Mann war.

Man bildete eine Gasse und ließ ihn durch.

»Matteo!«, rief die Alte, tippte mit dem ausgestreckten Zeigefinger ihrer Rechten auf die Tür, dann mehrmals auf die Schulter von Franks Vater, der dem aufdringlichen Finger auszuweichen versuchte. Den Wohnungsschlüssel hatte er inzwischen aus der Manteltasche gezogen. Er kannte keinen Matteo. Die Alte wiederholte: *»Băiețelul meu iubit, Matteiuț!«*

»Dein Sohn, mein Sohn«, sagte der Zigeuner, und nun tippte auch er auf die Schulter von Franks Vater, der die Hand genervt wegdrückte.

»Da! Da!«, sagte Matteos Vater und begann erneut gegen die Tür zu hämmern.

»Aufhören«, schrie Franks Vater in einer Lautstärke, die man nicht von ihm kannte. »Ruhe. Aufhören.«

»*Pe amândoi*«, schrie Matteos Vater, und der Lärm brach noch lauter los als zuvor.

Dann hörte man, wie der Schlüssel auf der anderen Seite umgedreht wurde. Langsam öffnete sich die Tür erst einen Spaltbreit, dann zur Hälfte. Frank musste die Stimme seines Vaters erkannt haben.

Warum Frank und der fremde Junge direkt hinter der Tür standen, war ebenso unverständlich wie die Tatsache, dass sie halb entblößt waren, sie hätten genug Zeit gehabt, sich anzuziehen, waren aber bis auf die Unterhosen nackt. Matteo hatte die Decke übergeworfen, die üblicherweise auf dem Sofa lag, eine hellblaue Decke, die Franks Mutter gehäkelt hatte. Die beiden sahen erbärmlich aus, schreckensstarr wie gehetztes Wild, das im Angesicht der Jäger weder vor- noch zurückkonnte. Doch was mich am meisten irritierte, war die Tatsache, dass Matteo seinen Arm um Franks Schultern gelegt hatte. Das war nicht normal.

Vieles kam zusammen, was ich in diesem Augenblick unmöglich unter einen Hut bringen, geschweige denn verstehen konnte. Franks und Matteos nackte Beine. Matteos schwarze Locken, die an seiner feuchten Stirn klebten. Ich war überzeugt, dass ihm sein Vater gleich ein Messer in die Brust stoßen würde. Matteos verängstigter Blick. Franks Blick, der trotzigen Widerstand ausdrückte. Niemand konnte übersehen, dass sie bei etwas ertappt worden waren, was verboten war. Es war Sex. Es roch nach Sperma. Natürlich habe ich mir das nur eingebildet, vermutlich fügte es sich später aus eigener Erfahrung zur Erinnerung.

Dann fielen alle über die beiden Jungen her, und meine Erinnerung versagt.

Sie setzt erst wieder ein, als Matteo von seinem Vater an uns vorbeigezerrt wurde. Die Decke war von seinen Schultern gerutscht und lag nun vor der Tür am Boden. Er hatte Hemd und Hose zusammengerafft, die er zum Schutz vor seinen Körper hielt. Als er an uns vorüberging, bemerkte ich seine Gänsehaut. Er versuchte immer wieder, sich aus dem stählernen Griff seines Vaters herauszuwinden, doch die Hand, die seinen Nacken umfasste, war stärker. Sie drückte ihm das Kinn auf die Brust. Die Alte, die ihnen folgte und unablässig vor sich hinmurmelte, kniff den Jungen immer wieder in den Oberarm, ich hörte ihn vor Schmerz wimmern. Die meisten Zigeuner zogen unter viel Geschrei in ihrer unverständlichen Sprache ab. Wie schlimm muss es für Matteo gewesen sein, vor den Augen der fremden Hausbewohner und seiner Familie so gedemütigt zu werden.

Doch einige Zigeuner blieben. Drei Männer hinderten Franks Vater nicht nur daran, die Tür hinter sich zu schließen, es gelang ihnen sogar, sich kurzfristig Eintritt in die Wohnung zu verschaffen. Die enge Diele war nun zum Bersten gefüllt, die Zigeuner bedrängten Frank, der sich am schwankenden Garderobenständer festhielt, und wehrten den Vater ab, der seinen Sohn zu schützen versuchte. Ich bemerkte ein Messer – oder bildete es mir zumindest so lebhaft ein, dass ich es noch heute vor mir sehe. Dr. Höbel kommentierte die bedrohliche Situation mit den Worten: »Die wollen doch Blutrache«, was seine

Frau mit einem: »Red doch keinen Quatsch!« quittierte. Da handelte mein Vater, den ich nie wütend gesehen hatte: In einem Anfall unbändigen Zorns durchquerte er mit ein paar großen Schritten den Hausflur und stürzte sich zwischen die Männer, die auf so viel unkontrollierte Kraft und Entschlossenheit nicht vorbereitet waren. Er drängte sie auseinander und stellte sich vor Frank und seinen Vater. Ich weiß nicht, was geschehen wäre, hätten in diesem Augenblick nicht zwei uniformierte Polizisten, die Hände an ihren Waffen, vor der Wohnung gestanden und der Sache ein Ende gemacht, indem sie »Aufhören« brüllten.

Die Zigeuner, die sofort verstummten und plötzlich unsicher wirkten, wurden entweder abgeführt oder einfach nach unten eskortiert. Vielleicht nahm man ihre Personalien auf. Vielleicht wurden sie verwarnt. Ich sah sie nie mehr, aber ich hatte sie auch früher nie gesehen. Auch die Alte blieb verschwunden. Und auch Matteo sah ich nie mehr. Der Spuk war nun vorbei.

Obwohl ich aufgewühlt war, schlief ich in dieser Nacht so tief, als wäre nichts geschehen, als müsste ich mich von etwas erholen, was ich nicht verstand. Noch machte ich mir keine Vorstellung von der Tragweite dessen, was geschehen war.

Bevor ich einschlief, deckte mein Vater mich zu, wie er es schon lange nicht mehr getan hatte, als wollte er mich nachträglich vor der Gefahr schützen, die nun überstanden war. Statt mit ihm zu sprechen, statt ihn zu fragen, stellte ich mich schlafend.

Danach hat er sich bestimmt mit Franks Vater, seinem besten Freund, über die Ereignisse des Abends und seine Folgen unterhalten. Kannten sie die Vorgeschichte? Was wussten sie, was war ihnen an Frank aufgefallen, mir aber entgangen? Was war das Ergebnis ihres Gesprächs, konnten sie am Ende sogar befreit lachen? Was für ein Gedanke! Saß Frank dabei? In welcher Verfassung war er?

Was war mit Frank? Er war mir fremd und etwas unheimlich geworden. Er hatte den jungen Zigeuner berührt, wie er mich seit Kindertagen nicht mehr berührt hatte, wenn wir im Sandkasten Verbrecher und Polizist, Cowboy und Indianer oder Vater und Mutter gespielt hatten. Wir hatten nachgeahmt, was wir im Fernsehen gesehen hatten, ohne die Details zu verstehen. Doch was ihn und Matteo verband, war kein Spiel, über das man kicherte, bevor man zu etwas anderem überging.

Scham, Verzweiflung, Unverständnis und wohl auch Rachedurst waren nur einige der widerstreitenden Gefühle, die die Beteiligten noch lange danach empfanden, wenn sie sich an das erinnerten, was passiert war.

Was mit dem Jungen geschah, weiß ich nicht, und auch Frank wurde darüber im Unklaren gelassen, denn er sah ihn nie wieder. Er verschwand einfach.

Mochte damit der Spuk auch vorbei gewesen sein, Tatsache blieb, dass das, was passiert war, alles andere als Einbildung gewesen war. Die Affäre hatte erhebliche Konsequenzen für uns alle, vor allem aber für unsere Väter. Hätten unsere Mütter noch gelebt, wäre die Redewendung, eine Welt sei für sie zusammengebrochen, sicher angebracht gewesen. Doch nach deren frühem Tod waren unsere Väter nun schon einiges gewohnt. Sie ließen sich nichts anmerken, ich jedenfalls bemerkte es nicht.

Am Tag danach stellte ich fest, dass das Schweigen, das sich über das nächtliche Geschehen gelegt hatte, alles erdrückte, jede Frage schien fehl am Platz. Wir sprachen nicht darüber. Umso mehr redeten die anderen.

Wir mussten hier weg. Die Nachbarschaft zerriss sich das Maul über den abartigen Jungen, der bislang gar nicht aufgefallen war. War es nicht typisch für die Andersartigen, dass sie sich verstellten? Man suchte dennoch nach Anzeichen, die einem schon früher die Augen darüber hätten öffnen müssen, dass er vom anderen Ufer war. Ein warmer Bruder. Eine Schwuchtel. Das bekannte Repertoire. Ich zuckte bei diesen Begriffen zusammen, als wäre ich damit gemeint. Was genau man sich über Frank erzählte, habe ich vergessen, das meiste davon habe ich gar nicht mitbekommen. Was passiert war, ließ niemanden kalt, schon gar nicht unsere Klassenkameraden. Wäre man doch schon damals so gleichgültig oder tolerant gewesen, wie man es heute ist.

Einer wie Frank hatte bei uns genauso wenig verloren wie die Zigeuner. War er erst mal weg, vermisste ihn keiner.

Es war nur eine Frage weniger Stunden, bis die Gerüchte die Schule und das weitere Umfeld erreicht hatten und auch zu den Kollegen von Franks Vater gedrungen waren. Auch wenn sie ihn für nichts verantwortlich machten, würden sie wohl oder übel eine Verbindung von ihm zu den Neigungen seines Sohnes herstellen. Irgendetwas blieb immer hängen. Für die Fehler der Kinder waren auch die Eltern verantwortlich.

Wie sollte Frank es unter diesen Umständen bis zum Abitur schaffen? Dort, wo man ihn kannte, würde man ihn fertigmachen.

Bislang kannten wir Outlaws nur aus Filmen und Büchern. Jetzt erfuhren wir, was es hieß, ein Außenseiter zu sein.

Was Matteo anging, wunderte man sich weniger; mit den Zigeunern hatte man sowieso nichts zu schaffen, denen traute man alles zu.

Das Vorteilhafteste, was man zu Franks Verteidigung sagen konnte, war, er sei vom Zigeuner verführt und missbraucht worden. Unschuld gegen Verworfenheit. Doch der Makel, der an ihm haftete, blieb bestehen wie ein Blutfleck, der sich nicht mehr entfernen ließ. Statt allmählich zu verblassen, fraß er sich immer weiter.

Frank war der Stoff, an dem man seine schmutzigen Vorstellungen abwischen konnte. Im Zentrum standen der Schwanz und das Sperma. Klingt unfein, ist unfein, aber genauso war es – Frank konnte sich von diesem Makel nicht befreien.

Verständnis war nicht zu erwarten, um ehrlich zu sein, auch nicht von mir, zumindest anfangs nicht, mein Vorurteil beruhte auf dem Unwissen und den Vorstellungen der Erwachsenen. Wenn ich nachzuvollziehen suchte, was in Frank vorgegangen war, versank ich unversehens in einem bleiernen Sumpf aus Ekel und Ignoranz. Im Grunde unterschied ich mich kaum von jenen, die sich ein Urteil über Frank erlaubten, ohne ihn zu kennen. Ich kannte ihn aber.

Sein Verhalten war mir unbegreiflich, ich hoffte jedoch, dass sich das eines Tages ändern würde. So war es dann auch, aber meine zögerliche Annäherung nahm einige Wochen in Anspruch, vielleicht waren es bloß Tage, die sich – wie die Jugend überhaupt – schier endlos hinzogen.

Franks Klassenkameraden sparten nicht mit Anspielungen. Das erzählte er mir erst später. Die Arroganz, die er an den Tag legte, war das einzige Mittel, das ihm half, die Demütigungen zu ertragen.

Franks und Matteos kurze Affäre dauerte nicht mehr als vier Wochen. Vier Wochen genügten, um die Welt auf den Kopf zu stellen, für Frank, für Matteo, für mich, für unsere Väter und die anderen.

An einem Samstag hatten sie sich an der Haustür getroffen, die aus Metall und opakem Glas bestand. Ich glaube, das kalte Material noch heute unter meinen Fingerkuppen zu spüren. Die Tür öffnete sich nach außen, wo Matteo stand, der davor verharrte und sie Frank aufhielt, der sich an ihm vorbeidrückte, jedoch seinen Körper unversehens dehnte, als wollte er den anderen berühren. Er war selbst überrascht.

Frank atmete den frischen Duft der Seife ein, mit der Matteo sich an diesem Morgen gewaschen haben musste; er roch etwas, was ihm die Zukunft versprach: Erwachsen ganz anders zu sein als der Jugendliche, der er noch war. Der Geruch: eine Mischung aus Lavendel und Nelke.

Ihre Blicke hatten sich einen Lidschlag zu lange verhakt, als wollten sie verschmelzen. Sie waren aneinander hängen geblieben wie Klinge und Magnet. Es gab kein Entwinden, kein Entkommen, keine Distanz. Nur mit Mühe rissen sie sich voneinander los.

Dann fiel die Tür lautlos hinter Frank ins Schloss. Als er sich umdrehte, sah er den Umriss des jungen Mannes hinter dem Glas nach oben verschwinden. Matteos Namen kannte er noch nicht. Wie alt mochte er sein? Etwas älter und womöglich erfahrener als er.

Sie hatten kein Wort gewechselt. Die Luft, die auf der Haut zu spüren war, das fliegende Haar, der Duft der

Seife genügten. Zu spät, ihn zu berühren, jetzt auf der Stelle. Er wusste, worauf es hinauslief und dass sie sich einig waren. Sie waren schon miteinander verbunden, bevor sich die Haustür hinter ihnen schloss.

Es war nur eine Frage des Augenblicks und der Gelegenheit, wann es passieren würde, denn nichts und niemand konnte sie nunmehr daran hindern.

Frank ging in die Innenstadt und erledigte die Einkäufe in einem entrückten Zustand, als sitze er am Abgrund und warte nur darauf zu fallen. Er konnte es kaum erwarten.

Als er endlich wieder in seinem Zimmer war, onanierte er schnell und heftig, so oft, bis er den Körper des Jungen neben sich spürte, dessen Gesicht allmählich verblasste. Völlig erschöpft schlief er dann ein, mit etwas wie Leere gefüllt, glückselig und ängstlich.

Dass Matteo schön war, sah selbst ich während des Tumults. Trotz der Demütigung blieb seine Schönheit unversehrt. Auch heute stehen mir keine Worte zur Verfügung, sie angemessen zu beschreiben.

Was ich heute weiß, war mir damals noch längst nicht klar: Die Kamera hätte ihn geliebt. Er hatte schwarze Locken und eisgraue Augen, seine Haut war von mattglänzender Bräune, die Zähne, Finger- und Zehennägel – all das entging mir nicht – waren perlmuttweiß, sein Körper schon der eines Erwachsenen, die Schultern breiter als die eines Kindes, die Schenkel gerundet, die Waden gepolstert, fast schon ein Mann, all das, was Frank besonders an ihm fasziniert haben wird.

Später erfuhr ich, dass er schon neunzehn war, und auch – was mich damals schockierte –, dass man ihn bereits verheiratet hatte. Es gab Gerüchte, er sei schon Vater. Es gab keine Details und schon gar keine Gewissheiten.

Matteos Schönheit, die auch etwas mit Anmut und Elastizität zu tun hatte, entging mir so wenig wie sein Stolz, der von seinen Angehörigen so übel verletzt wurde, als sie ihn halb nackt aus der fremden Wohnung zerrten, von Frank trennten und vor den anderen – den eigenen und den fremden Leuten – zur Schau stellten und beschimpften, um ihn dann wie einen Verbrecher abzuführen.

Später erzählte mir Frank, dass die Zigeuner nie nach Matteos Kleidung und Schuhen gefragt hätten. Sie waren einfach in seiner Wohnung liegen geblieben, niemand schien sie zu vermissen, keiner fragte nach, wo sie waren, keiner unternahm den Weg nach oben noch einmal.

Obwohl sie ihm zwei Nummern zu klein waren, hatte Frank in der Wohnung tagelang Matteos Schuhe getragen und mit seinem Unterhemd unter dem Kopfkissen geschlafen. Wenn er danach griff, glaubte er die warme Haut seines verlorenen Freundes zu spüren. Es tat weh.

An Matteos Wohnungstür zu klingeln und die Sachen abzugeben, hatte er sich nicht getraut; was passieren würde, wenn man ihm öffnete, wollte er sich lieber nicht vorstellen. Er schätzte die Bedrohung, die von Matteos Familie ausging, hoch genug ein, um ihr auszuweichen. Hätte er sich zu diesem Zeitpunkt vorstellen können, Matteo nie wiederzusehen, hätte er vielleicht anders gehandelt. Er hätte geklingelt. Dass das, woran er nie gedacht hatte, tatsächlich geschah – dass Matteo heimlich fortgeschafft und nie mehr gesehen wurde –, lehrte ihn früh, Demütigungen zu ertragen, deren Empfänger er war, ohne den Absender wirklich zu kennen. Vieles würde auch in Zukunft im Ungefähren, unausgesprochen und dennoch präsent bleiben.

Die Bedrohung, mit der Frank zum ersten Mal konfrontiert worden war – durch eigenes Verschulden oder einfach durch einen dummen Zufall –, würde sich noch oft manifestieren; sie ließ sich nicht mehr aus der Welt schaffen. Er hatte nur dieses Leben – er hatte keine Wahl, es anders zu bewältigen; allein das Wort Bewältigung war eine Zumutung. Es war gut, dass er Künstler wurde und in diesem besonderen Umfeld leben konnte, wo man sich nicht darum kümmerte, wie jemand sich verhielt.

Hatte es nicht ausgesehen, als ob alles gut werden würde? Fragesätzen, die sowohl die Affirmation als auch die Negation beinhalten, sollte man doppelt misstrauen.

Es hätte gut gehen können, wenn sie unbeobachtet auf einer einsamen Insel gelebt hätten.

Zwei Tage nachdem sie sich zum ersten Mal gesehen hatten, war Frank Matteo in die Schrebergärten gefolgt. Je unüberschaubarer die Welt war, desto sicherer durfte man sich an ihrem Rand fühlen.

Es war schulfreier Samstag, die Bochumer hielten sich entweder in der Fußgängerzone oder in der ländlichen Umgebung auf. Das Haus war also fast leer. Matteo, der ihm wohl aufgelauert hatte, öffnete die Tür, als Frank das Haus betrat, und blickte ihn an. Er sagte nichts. Er stand da. Aus der Wohnung der Zigeuner kamen keine Stimmen; vor der Tür, wo sich die Schuhe sonst häuften, standen nur zwei Paar Halbschuhe. Frank wartete am Fuß der Treppe. Was auch immer geschehen würde, musste geschehen.

Matteo schlüpfte in die leichten Halbschuhe und schloss die Wohnungstür. Dass die Sohlen abgelaufen waren, bemerkte Frank erst später. Matteo nahm die wenigen Stufen fast tänzelnd. Unten angekommen, berührten sie sich. Sie verließen das Haus, Matteo ging vorneweg. Noch immer hatten sie nicht miteinander gesprochen. Es waren nicht Worte, die den Anstoß gaben, zu tun, was sie taten. Alles lief ab, als ob es schon oft so abgelaufen wäre. Ob aus Unsicherheit, Angst oder Erregung, Frank zitterte, ein Frösteln überlief ihn, er zitterte am ganzen Körper. Dann legte sich das Zittern, aber die Erregung blieb. Er war in den fremden schönen Jungen verliebt, dieses Gefühl schloss andere Gefühle aus. Er zweifelte nicht. Er fürchtete sich nicht. Er wollte die Überraschung. Er wusste, dass er sie bekommen würde. Die Erwartung. Das Anfassen. Die Hände. Ein Geschenk. Ein warmer Regen. Trockene Haut, die sich beim Gehen mit einem feuchten Film überzog.

Sie gingen in Richtung Schrebergärten, Frank zwei Schritte hinter Matteo, doch irgendwann holte er ihn ein, und Matteo verlangsamte seine Schritte, es war ihm nun wichtig, im gleichen Tempo zu gehen. Im Gegensatz zu den Naivlingen, die nicht wussten, wie man sich vor den Blicken aus den Mietshäusern schützte, kannte Frank die idealen Verstecke, Durchgänge, Heckeneinbuchtungen, vor allem aber die Stellen, die nicht an Gärten grenzten, in denen man mit neugierigen Freizeitgärtnern rechnen musste. Ihre Handflächen berührten sich.

Es war helllichter Tag, keine Dämmerung bot Schutz. Sie achteten darauf, unsichtbar zu sein; nicht auf sich aufmerksam zu machen, war ein unausgesprochenes Gebot.

Alles war möglich, jetzt und später, doch wichtig war jetzt. Hinter ihnen schlugen die Zweige zusammen und verschluckten sie. Sie waren sich sehr nah. Sie küssten sich. Ihre Finger fanden den Weg, wo eine Öffnung war: Kragen, Hemdsärmel, Knopfleiste, Hosenbund. Überall

Stoff und Haut, Haut und Haar. Feuchtigkeit. Die Haut war so glatt, so warm, uneigennützig, nur für ihn da, dachte Frank. Für mich und für dich, wer auch immer du bist. Unversehens waren sie nackt, und Frank spürte, dass er frei war. Er atmete auf. Er hätte am liebsten vor Freude geschrien. Durch seine Finger rann Matteos Samen. Dann gingen sie zurück, jeder einen anderen Weg. Sie wussten, dass es besser war, nicht zusammen gesehen zu werden. So sollte es bleiben.

3

Obwohl wir bis zu diesem Zeitpunkt – wir waren zwölf – nur selten im Kino gewesen waren, wollten wir einen Film drehen. Keinen bescheidenen Fernsehfilm, sondern einen Kinofilm für einen Saal, wie es ihn im *Union* an der Kortumstraße gab, wir dachten groß. Wir sahen uns auf einer Leinwand, Frank spielte die Hauptrolle, ich stand hinter der Kamera, so waren die Aufgaben gerecht verteilt. Erste Szene: Morgendämmerung. Es wird allmählicher heller. Umrisse von Bäumen. An mehr erinnere ich mich leider nicht. Ein Fluss? Ein Paar? Ein Boot? Wir hatten *Hafen der Dämmerung* gesehen (so hieß der Film auf Deutsch) und waren begeistert gewesen. Hafen im Nebel. Wir würden unseren Film mit Spannung aufladen. Am besten, es fielen jetzt Schüsse.

Wer von uns als Erster auf den Gedanken gekommen war, weiß ich nicht mehr, doch wie immer genügte einer, um den anderen mit seiner Begeisterung anzustecken. Nachdem wir die Idee nun einmal hatten, ließ sie uns wochenlang nicht mehr los. In immer bunteren Farben malten wir uns aus, wie wir eine Kamera und ein Mikrofon bedienen, eine Handlung erfinden, Drehorte erkunden, Rollen besetzen und Kamera und Regie führen würden. Uns war zwar klar, dass uns das Geld fehlte, doch würden wir spielend sämtliche Hürden überwinden.

Immer öfter sah man damals handliche Kleinkameras, mit denen junge Väter ihre Familien in der Freizeit filmten. Sie filmten ihre Autos, ihre Hunde, Sonnenuntergänge, aufziehende Gewitter, startende Flugzeuge und die ersten Gehversuche ihrer Kinder, die Einschulung, die Sprünge vom Sprungturm, Kindergeburtstage, einfach alles, was sich bewegte. Wir hingegen dachten uns richtige Filme aus, die Bilder hatten wir im Kopf, noch bevor wir die Geschichten zu Ende gedacht, geschweige denn aufgeschrieben hatten (wir schrieben nichts auf, wir redeten nur, stundenlang). Ich gäbe vieles darum, würde ich mich daran erinnern, was wir uns damals ausdachten. Mit Nebenrollen besetzten wir unsere Eltern, Schulfreunde, Lehrer, selbst Herrn und Frau Höbel. Dass sie sich verweigern könnten, beirrte uns nicht.

Wir besorgten uns in den Fachgeschäften, die wir aufsuchten, Prospekte, in denen Kameras und Zubehör für Hobbyfilmer angeboten wurden. Doch die Apparate, die unerschwinglich waren, ließen uns unbefriedigt; sie entsprachen nicht dem, was uns vorschwebte. Das hier war Kinderkram. Wir wollten etwas Besseres. Etwas Professionelles.

Gras wuchs über die Ausgeburten unserer kindlichen Fantasie. Allmählich verloren wir das Interesse daran, wie wir das Interesse an allen anderen harmlosen Schwärmereien verloren. Dass wir – oder zumindest ich – je darauf zurückkommen würden, war mehr als unwahrscheinlich, und doch war es genau das, was Jahre später geschah, als ich mein Pädagogikstudium abbrach, um etwas völlig anderes in Angriff zu nehmen: Mir war klar geworden, dass es nicht meinen Zukunftsvorstellungen entsprach, den Rest meines Lebens Tag für Tag vor einer apathischen Schulklasse zu stehen. Dass das Wagnis, auf welches ich mich danach leichtfertig einließ, seinen Ursprung in unserer gemeinsamen Kindheit mit ihren teils simultanen Träumen hatte, war mir damals kaum bewusst. Es war Frank, der mich darauf hinwies, als ich ihm während eines unserer seltenen Telefongespräche – er stand in einer Telefonzelle in Manhattan – erzählte, dass ich mich bei einer Hamburger Firma, die Werbefilme produzierte, beworben hatte und sofort angenommen worden war. Ich würde in wenigen Tagen meine Probezeit antreten und hoffte, in Hamburg eine kleine Wohnung zu finden; was tatsächlich der Fall war: Ich wohnte drei Jahre auf bescheidenen zwanzig Quadratmetern unterm Dach einer alten Villa in der Nähe der Außenalster, bevor mein Leben mit Marie-Noëlle begann.

Frank freute sich über meinen Entschluss, als hätte ich ihm eben gebeichtet, ich wäre schwul oder zumindest Künstler geworden. Das waren seit Langem seine Lieblingsthemen, um nicht zu sagen, die Themen, über die er ständig sprach.

»Jetzt bist du auf dem richtigen Weg«, sagte er, und ich konnte bloß rätseln, was er damit meinte. Wer weiß, ob er sich bei dieser Nachricht schon als Protagonist eines Films sah, bei dem ich Regie führte und ihn, den großen Künstler, nach seinem Werdegang und Werk befragte. Dass seine Euphorie, die mich stets – selbst am Telefon – etwas peinlich berührte, auf die Drogen zurückzuführen war, die er wohl immer ausgiebiger konsumierte, begann mir erst später zu dämmern, von seinen sexuellen Ausschweifungen ganz zu schweigen. New York war von meiner Welt so weit entfernt wie der Mond, erst recht die Gesellschaft, in der sich mein Freund bewegte und von der er so konfus erzählte, dass es mir schwerfiel, mir etwas darunter vorzustellen.

Ich bekam also meine Chance und hatte unzählige Gelegenheiten, einen realistischen Einblick ins Filmgeschäft zu erhalten, beziehungsweise in die Herstellung der Illusion, ohne die dieses Geschäft nicht möglich ist. Ich wurde zum Assistenten jener Männer, die darüber bestimmten, wie die Bilder der Ware, die man verkaufte, aussahen. Wie meine Zukunft in diesem Gewerbe aussehen würde, war noch ungewiss, ich machte mir keine Gedanken darüber.

Man hatte mir zu verstehen gegeben, dass ich fristlos entlassen würde, sollte ich den von mir erwarteten Anforderungen nicht genügen, mit anderen Worten: Wenn ich nicht ausführte, wozu man mich aufforderte, konnte man mich vor die Tür setzen. Dennoch stellten sich weder Ernüchterung noch Enttäuschung ein. Dieser Job bot mir genau die Abwechslung, die der Schulalltag mir verweigert hätte, im Übrigen hatte ich kein Problem damit, einfach zu funktionieren. Täglich rechnete ich mit Dingen, auf die ich nicht vorbereitet war, ohne dass allzu viel Verantwortung auf meinen Schultern lag. Es genügte, wenn ich das, was man mir auftrug, zur Zufriedenheit jener erfüllte, die mir gegenüber eher die Stelle älterer Brüder als von Vorgesetzten einnahmen.

Es herrschte je nach der Wichtigkeit des Augenblicks entweder eine lockere oder konzentrierte Atmosphäre, in der zwar klare, aber nie kränkende Anweisungen gegeben wurden. An Unstimmigkeiten oder Intrigen erinnere ich mich nicht. Dass das im Filmgeschäft nicht immer so ist, wurde mir erst klar, als ich selbst in der Position war, genervt und verletzend zu sein, was sich in Gegenwart unfähiger oder begriffsstutziger Mitarbeiter nicht immer vermeiden lässt. Die entspannte Stimmung war vor allem der Menschenkenntnis und Gutmütigkeit unseres Chefs, der die Firma seines Vaters erst wenige Jahre zuvor übernommen hatte, und dem kleinen Team zu verdanken, das er mit traumwandlerischer Sicherheit leitete. Karl war ein guter Vorgesetzter, weil er sich nie als solcher aufführte, gerade so, als wäre er auf gleicher Stufe wie wir.

Karl war der Regisseur sämtlicher Filme, die er in enger Absprache mit den jeweiligen Auftraggebern produzierte; hauptsächlich waren das Werbeagenturen, die ihren Kunden verpflichtet waren und mit diesen vereinbart hatten, worauf man hinauswollte. Am Ende des zweiten Jahrs bei PublicFilm wurde ich zum ersten Mal damit betraut, bei einem Animatic als Focuspuller zu assistieren, das heißt, ich durfte für erste Filmentwürfe die Kameraschärfe einstellen. Was simpel klingt, war es nicht, denn diese Art der Assistenz ist besonders heikel, wenn die Objektivblende ganz offen und der Schärfenbereich hauchdünn ist. Aber natürlich sind das Feinheiten, die den Laien kaum interessieren dürften.

Zunächst einmal durfte ich mich glücklich schätzen, die Kamera von einem Drehort zum anderen zu tragen, nachdem sie vom Kameraassistenten fachgerecht gepackt worden war. Anfassen durfte sie nur dieser und der Chefkameramann, nach dessen Anweisungen sie aufgestellt wurde; das war zwar nichts verglichen mit der Schärfeneinstellung, trotzdem wagte ich selbst da keinen Mucks zu machen, solange mich niemand dazu aufforderte; bis das der Fall war, dauerte es noch eine Weile. Meine Aufgabe als Clapper und Loader bestand darin, die Klappe zu schlagen, die Filmkassette mit einem unbelichteten Film zu füllen und diesen, wenn er belichtet war, in die Blechbüchse zurückzulegen und zu beschriften. Dass diese Arbeit blind erledigt werden musste, verlieh mir vorübergehend den Status des Unberührbaren. Wenn etwas schiefging, war die Sequenz unwiderruflich gelöscht. Das Einlegen des unbelichteten Films in die Kamerakassette und das Zurücklegen des belichteten Films in die Filmdose erfolgten im Dunkelsack. Ich stopfte Kamerakassette und Filmdose in den Sack, verschloss ihn mit zwei Reißverschlüssen und steckte dann beide Arme bis zu den Ellbogen in den Sack, wo nun alles über den Tastsinn lief: Der Film musste in die Kassette eingelegt und verschlossen werden – oder umgekehrt. Wie ein an einen Stuhl gefesselter Gefangener saß ich da; wenn mich die Nase oder sonst was juckte, selbst wenn der Stuhl unter mir zusammengebrochen wäre oder ein Kollege mich gekitzelt hätte: Die Hände mussten im Sack und dessen Inhalt unter allen Umständen im Dunkeln bleiben. Der kleinste Lichtstrahl hätte das belichtete Material – das Heiligtum auf dem Set! – unwiederbringlich zerstört. Auch wenn ich mich manchmal wie der Lakai der Crew fühlte, war ich doch bereit, mein Leben für die Unversehrtheit des Filmmaterials zu opfern. Man erwartete von mir absolute Konzentration und Hingabe.

Für alle Ewigkeit musste es ja nicht bei dieser Arbeit bleiben; ich war jung, neugierig, nicht untalentiert und ehrgeizig. Ich wollte weiterkommen. Niemand hatte etwas dagegen, dass ich ganz genau hinschaute, was die anderen taten, und daraus lernte.

Was ich mir über Kamera- und Scharfstellungen, über Schwenken und Kadrieren aneignete, lernte ich – zumindest theoretisch – nebenbei, lange bevor ich eines Tages selbst eine Kamera in der Hand halten und bestimmen durfte, worauf sie gerichtet werden und wohin sie sich bewegen sollte. Ich war ständig anwesend und hatte meistens nichts anderes zu tun als aufzupassen, ob man etwas von mir verlangte, und darauf zu achten, dass ich es richtig machte. Ich sog begierig alles in mich auf.

Die auf den Kopf gestellte Welt fiel wieder auf die Füße, als wir uns in den uns bislang unbekannten Städten niedergelassen hatten: Frank und sein Vater in München, mein Vater und ich in Stuttgart. Für unser weiteres Leben spielten die Städte keine herausragende Rolle außer, dass es sich um die Orte handelte, an denen wir unsere Väter besuchten, nachdem wir von Zuhause ausgezogen waren. Mir deren Leben dort auszumalen, fiel mir immer schwer. Wenn ich mit meinem Vater telefonierte, ertappte ich mich dabei, ihn mir in der Bochumer Umgebung vorzustellen.

Nach dem Abitur, das ich in Stuttgart machte, studierte ich Pädagogik in Bremen, bevor ich abbrach, Frank besuchte die Kunstakademie in Düsseldorf. Ob er einen Abschluss machte, ließe sich vermutlich vor Ort im Archiv überprüfen.

Sicher ist, dass Abschlüsse damals nicht das waren, was sie heute sind; darauf kam es nicht an, wenn man Erfolg haben wollte. Wichtiger waren die Namen der Professoren, die dort unterrichteten und auf die man später verweisen konnte. Ich erinnere mich zwar nicht, aus Franks Mund je die Namen Günther Uecker oder Gerhard Richter gehört zu haben, weiß aber, dass beide damals in Düsseldorf unterrichteten. Zu Beginn der Achtzigerjahre, als Frank die Kunsthochschule besuchte, waren beide jedoch noch nicht die weltbekannten Künstler, von denen der eine den anderen im Lauf der Jahrzehnte, da der Marktwert im Kunstbetrieb eine immer wichtigere Rolle spielte, auf geradezu schwindelerregende Weise überflügeln würde. Als Frank die Akademie besuchte, war es Joseph Beuys – der seine Professur (für Bildhauerei) schon Jahre zuvor niedergelegt hatte –, der alle anderen überstrahlte, egal, ob sein Name ehrfurchtsvoll geflüstert, hymnisch hinausposaunt oder kleingeistig gehasst wurde. Auch ihn erwähnte Frank nie.

Dass sich Günther Uecker oder Gerhard Richter später an ihren Schüler Frank Reimers erinnerten, halte ich für unwahrscheinlich, auch wenn er äußerlich unter all den exotischen Gestalten, die sich in den Gängen der ehrwürdigen Akademie tummelten, durch sein provozierend konventionelles Auftreten auffallen musste. Als Künstler war er wohl zu epigonal, was jenen Lehrern, denen er nacheiferte, womöglich unangenehm war. Es beeindruckte sie nicht.

Ich habe Frank mehrmals in Düsseldorf besucht und ihn einmal auch an der Eiskellerstraße Nr. 1 abgeholt, wo sich die Akademie befindet, die von außen betrachtet durchaus einer Gruft ähnelte. Die beeindruckenden Ausmaße des Gebäudes wurden lediglich durch die Anmaßung der Studenten übertroffen, die sich benahmen, als stünden sie auf der Abschussrampe zum Weltruhm; so jedenfalls empfand ich es damals: Ein naiver Lehramtsanwärter, der sich leicht einschüchtern ließ.

Dass Frank sich mit seinem Eintritt in die Düsseldorfer Kunstakademie auffälliger zu kleiden begonnen hatte, war nicht zu übersehen; aber anders, als man es hätte erwarten können, wurde er nicht zum Punk, Post-Punk oder Gothic. Er demonstrierte seine Autarkie, indem er, entgegen dem damals geltenden Konsens, Anzüge von italienischen Designern trug (mit Schulterpolstern, wenn ich mich richtig erinnere). Bestimmt waren die exakt sitzenden Hosen und Jacketts nicht neuwertig – er hätte sie sich nicht leisten können –, aber was spielte es angesichts der Botschaft, die er damit aussandte, für eine

Rolle, dass die Kleider schon getragen waren? Die Unnahbarkeit, die er zur Schau stellte, war beeindruckend und verfehlte ihre Wirkung nicht; manche fanden diese Förmlichkeit abstoßend, andere affig. Das meist blond gefärbte Haar – es war von Natur aus dunkelbraun – war gescheitelt, gegelt und geföhnt. (Wirklich schade, dass davon keine Fotos existieren.) Mit anderen Worten: Er legte großen Wert auf sein Aussehen und fiel damit auf; und er ging offen mit seiner Homosexualität um, was damals auch an einer Kunsthochschule noch nicht völlig selbstverständlich war.

Der Skandal um Matteo hatte ihn nicht Zurückhaltung gelehrt, im Gegenteil. Er besuchte einschlägige Orte für schnellen, anonymen Sex. Auf der Suche nach einem festen Partner schien er nicht zu sein, jedenfalls sprach er nicht davon. Das Thema seiner sexuellen Neigungen wurde in unseren Gesprächen nicht ausgeklammert; ich versuchte meist, ihn davon abzulenken. Was ich trieb, interessierte ihn nicht. Über Frauen sprachen wir nicht. Sie spielten in seinem Leben offenbar keine Rolle.

Bei aller Exzentrik des Auftretens behauptete er nie, Erfolg zu haben, wo keiner war. Er markierte – jedenfalls mir gegenüber – nicht den starken Mann. Er machte niemandem etwas vor.

Er erntete nicht den Hauch einer Anerkennung. Es gab keinen interessierten Galeristen, keinen begeisterten

Sammler oder Kritiker, niemanden, der glaubte, in ihm ein Genie entdeckt zu haben. Es war, als gebe es ihn und seine Bilder nicht, während um die Kunstwerke mancher anderer ein riesiges Geschrei gemacht wurde.

Mit seiner Aufmachung, deren Wirkung jedoch schnell nachließ, erregte er also mehr Aufmerksamkeit als mit seinen ersten Gehversuchen als Künstler. Selbst ein Achtungserfolg blieb aus. Dennoch malte er mit nicht versiegender Energie Bild um Bild, während um ihn herum längst alle damit begonnen hatten, andere Materialien, Medien und Aktionsformen zu nutzen, um sich auszudrücken. Er verkaufte nichts oder nur wenig. Auch nicht, nachdem er die Akademie verlassen hatte und sich auf dem freien Markt bewegte. Das dürfte sich auch in New York nicht geändert haben.

Noch während des Studiums reiste er zur Kunstmesse nach Basel. Er schlief, wie er mir schrieb, bei wildfremden Menschen auf einer Luftmatratze, und hoffte, mit Galeristen ins Gespräch zu kommen. Ich weiß nicht, ob es zu solchen Begegnungen kam und wie sie verliefen, sofern es der Fall war; ich weiß nur, dass sie folgenlos blieben.

Dennoch wirkte er nie verzweifelt. Ich an seiner Stelle wäre verzweifelt gewesen. Vielleicht war er es, ließ es sich aber nicht anmerken. Er tat mir leid. Aber ich konnte ihm nicht helfen. Da wir auch räumlich getrennt waren – und sich die Entfernungen im Lauf der Zeit vergrößerten –, nahm die Verständigung zwischen uns stetig ab. Es gab außer dem Telefon keine schnellen Kommunikationsmittel; bis ich das erste Faxgerät besaß, vergingen noch ein paar Jahre.

Ob er sich als verkannter Künstler betrachtete, weiß ich nicht, jedenfalls schien er sich nichts darauf einzubilden. Glaubte er, dass seine Stunde noch kommen würde? Ich wusste nicht, was in ihm vorging, wie er sich durchschlug und wie er seine Zukunft sah. Würde er eines Tages aufgeben, und hatte er sich für diesen Zeitpunkt womöglich eine Frist gesetzt? Keine Ahnung.

Ich war überzeugt, dass ihm sein Privatleben wichtiger war als die Kunst. Sein Leben setzte sich in meinen Augen aus Sex und ständig wechselnden Partnern zusammen, das Werk hatte nur wenig Platz darin. Ich hatte keinen Beweis dafür und war mir dennoch sicher.

Anfang 1983 übersiedelte Frank nach New York. Kurz vor seiner Abreise rief er mich an. Bei aller Begeisterung über diesen Neuanfang schwang in seinen Worten doch eine gewisse Unsicherheit mit. Er erzählte mir, er habe zwei große Koffer gepackt, mehr benötigte er nicht.

Dann hörte ich monatelang nichts mehr von ihm. Er war abgetaucht. Ich sagte mir, es müsse ihm gut gehen, wenn er sich nicht meldete, vielleicht hatte er jemanden gefunden, der ihn liebte, der ihm wichtig war, vielleicht hatte er einen Job, vielleicht lief es unerwartet gut für ihn.

In dieser Zeit hatte ich mein Studium bereits abgebrochen – was ich ihm schriftlich mitgeteilt hatte – und war nach Hamburg gezogen. Wir waren beide damit beschäftigt, unserem Leben eine Richtung zu geben.

Bevor er nach New York ging, habe ich ihm zwei kleine Bilder abgekauft, die er mir zu einem Freundschaftspreis überließ, der sich vermutlich nur unwesentlich von dem Preis unterschied, den er von einem Fremden verlangt hätte. Aber ich hängte keines davon auf. Ich hatte keinen Platz dafür und ließ sie deshalb auch nicht rahmen. Ich legte sie vielmehr in eine Mappe und die Mappe auf einen Schrank, wo sich der Staub darauf ablagerte. Ich zeigte sie niemandem, weder meinen Freundinnen noch Freunden. Sie waren mir zu düster; von den aufgerissenen Mündern, grauen Zähnen, gespaltenen Zungen, zerfetzten Geschlechtsteilen und amputierten Gliedmaßen war ich genauso abgestoßen wie von den verwaschenen Grundfarben, vor denen sich diese Einzelheiten abhoben. Sollte Frank mich je in Hamburg besuchen, würde ich sie aufhängen, aber er besuchte mich nie, und die Mappe samt Inhalt ging verloren.

Vermutlich war ihm bewusst, dass ich die Bilder nicht aus Überzeugung, sondern aus Erbarmen – oder sagen wir aus Freundschaft – gekauft hatte. Er war ja nicht leichtgläubig oder naiv.

Ich fühlte mich nicht befugt, mich zu seiner Arbeit zu äußern. Von den künstlerischen Phasen, die er durchlief, hatte ich nicht die geringste Ahnung. Heute bin ich mir sicher, dass er mehr von mir erwartete als den pflichtschuldigen Ankauf von zwei Bildern, die mir nicht gefielen. Wir schwiegen uns beide darüber aus.

Auf der Kunsthochschule hatte er den Eindruck eines in geordneten Verhältnissen aufgewachsenen jungen Mannes gemacht, dem es an nichts fehlte, aber wie war es in New York? Da sein Vater ihm alles Geld, das er nicht selbst benötigte, überwies, hatte er wohl zumindest genug zum Leben.

Niemand war Franks Vater wichtiger als sein Sohn, er bedeutete ihm so viel, wie ich meinem Vater bedeutete. Wenn er mich anrief, um sich nach Frank zu erkundigen, war es fast so, als riefe mich mein Vater an, um zu fragen, wie es mir ging. Selbst der Tonfall seiner Stimme ähnelte dem meines Vaters. Wie seine neue Partnerin, eine freundliche, zurückhaltende, etwas blasse Frau, über Frank dachte, weiß ich nicht.

Franks Vater rief mich an, weil er glaubte, ich wüsste mehr als er. Er machte sich Sorgen, versuchte aber, sich nichts anmerken zu lassen, wenn er mich fragte, ob ich etwas von Frank gehört hätte. Er selbst hörte wenig von ihm, und ich musste ihn regelmäßig enttäuschen: Auch ich wusste nichts. Also bat er mich, ihn zurückzurufen, falls Frank sich bei mir meldete. Ich versprach es, konnte dieses Versprechen aber nicht einlösen. Hatte er keine Angst, dass die Wahrheit aus meinem Mund noch schlimmer klingen würde als aus Franks Mund, weil ich ein schlechter Lügner war und weil er wusste, dass Frank ihm nicht die Wahrheit sagte?

Frank schlief mal da, mal dort, er hatte viele Freunde. Doch es entwickelte sich für mich kein klar umrissenes Bild der Stelle, die sie in seinem Leben einnahmen. Trotz der finanziellen Unterstützung seines Vaters lebte er offenbar in bescheidenen Verhältnissen. Irgendwann mietete er sich ein Atelier, in dem er wohl auch lebte.

Wenn wir telefonierten – er in einer Telefonzelle in der Canal Street, ich in meinem Hamburger Zimmer –, wirkte er entweder niedergeschlagen oder euphorisiert. Er nahm Drogen – er leugnete es nicht –, um seinem Talent Auftrieb zu geben oder um die Wirklichkeit zu beschönigen, in der es diesen Auftrieb nicht gab. Viele nahmen Drogen, nur wenige waren stark genug, sie wieder abzusetzen, ihm gelang es zum Glück. Er hatte keine Hemmungen, offen über seinen Lebensstil zu sprechen. Ich gab ihm zu verstehen, dass sein Vater besorgt sei. Ich bat ihn, zu Hause anzurufen und ihm irgendetwas zu erzählen, was ihn beruhigte. Er entgegnete, er male Tag und Nacht und ficke Tag und Nacht. Was sollte ich darauf antworten? Was sollte ich seinem Vater erzählen? Sicher nicht die Wahrheit. Ich mochte es nicht, wenn er so aggressiv war.

Beruflich brachte New York ihn nicht weiter. Persönlich war es sein Untergang.

Zu nennenswerten Ausstellungen kam es nicht, hin und wieder nahm er an Gruppenausstellungen teil und verkaufte höchstens deshalb das eine oder andere Bild, weil der Preis niedrig war: Der Käufer konnte nichts falsch machen. Es erging ihm wie anderen ausländischen jungen Künstlern, die sich von New York mehr erhofften, als New York ihnen bieten konnte. Es gab einfach zu viele seiner Art, die talentiert, aber nicht unverwechselbar waren.

Während Künstler wie Jean-Michel Basquiat oder Keith Haring, die beide in unserem Alter waren, innerhalb kürzester Zeit populär wurden und Rekordsummen erzielten, hatte Frank Mühe, auf sich aufmerksam zu machen. Als Schwuler sei er erfolgreich, sagte er mir eines Tages am Telefon, als Künstler würde es ihm ohne die Überweisungen seines Vaters nicht einmal gelingen, den Alltag zu bewältigen.

Ich fragte ihn nicht, was er malte.

Eines Tages hörte er von einem jungen Pianisten namens Marek Olsberg, dem der Ruf vorausging, sich in den Fußstapfen der Berühmtesten seiner Zunft zu bewegen. In Harold C. Schonbergs enthusiastischem Hinweis auf das bevorstehende Rezital fielen Namen wie Richter und Gilels, vor allem aber pochte der berühmte Kritiker in der *New York Times* auf Olsbergs »Standing« und »erzählerischer Originalität« insbesondere bei Brahms, »Eine seltene Tugend bei einem so jungen Pianisten«, den er als typischen Vertreter der russischen Schule betrachtete – Olsberg stammte aus dem Ostblock und war erst kürzlich in den Westen emigriert.

Nachdem Frank die Fotografie des jungen Virtuosen gesehen hatte, fuhr er unverzüglich in die 7th Avenue und besorgte sich eine Konzertkarte. Auch wenn die Menschenschlange vor der Carnegie Hall ziemlich lang war, kam er leichter an ein Ticket, als er gedacht hatte. Er sicherte sich einen Platz in der dritten Reihe, was seinen finanziellen Spielraum für den Rest des Monats deutlich schrumpfen ließ. Doch anders würde es ihm kaum gelingen, Olsberg auf sich aufmerksam zu machen. Das Gesicht auf dem Foto hatte sich wie eine Folie auf sein eigenes Gesicht gelegt.

Olsberg betrat die Bühne nicht wie ein unsicherer Neuling, sondern wie eine ferngesteuerte Aufziehpuppe. Er überspielte seine Unsicherheit mit steifer Förmlichkeit und schien niemanden zu sehen. Die Scheinwerfer, die ihn blendeten, halfen ihm vermutlich dabei, sich unsichtbar zu fühlen.

Nachdem er in drei Richtungen – nach vorne, links, rechts – einen knappen Diener gemacht hatte, setzte er sich ans Klavier. Während es im Saal still wurde, hob er langsam den Kopf, sah schräg nach oben, schien zu horchen und eine Antwort zu erhalten und verschwand aus dem Raum in eine andere Dimension.

Olsberg spielte nicht Brahms, sondern ausschließlich Chopin. In der Pause fielen Frank jede Menge gut aussehender Männer auf, die sich nach ihresgleichen umsahen.

Später löschte die Erinnerung an die Stunden nach dem Konzert aus, was noch folgte, als Frank erneut auf seinem Platz saß, und was am nächsten Tag in mehreren Zeitungen und Radiostationen festgehalten wurde: Mit vierundzwanzig Etüden, einer Sonate mit Trauermarsch und mehreren Zugaben wurde an diesem unvergesslichen Abend der Grundstein einer internationalen Karriere gelegt. Das Können dieses Musikers versetzte das Publikum in Entzücken. Es brach in Beifallsstürme aus. Frank stand am Ende wie alle anderen Zuschauer auf, um dem Künstler, den er nicht aus den Augen ließ, stehend zu applaudieren, eine Viertelstunde lang, vielleicht noch länger, immer darauf bedacht, Olsberg auf sich aufmerksam zu machen, was ihm schließlich gelang, indem er ihn unentwegt fixierte.

Am nächsten Morgen erwachte Frank im Bett des Pianisten, der, wie unzählige andere Männer auch, nur wenige Stunden später wieder aus seinem Leben verschwunden sein würde. Obwohl sie in der vergangenen Nacht – den Stunden, in denen sie mehrmals Sex gehabt hatten – viel getrunken hatten, war Frank sofort hellwach. Er dachte klar.

Sie hatten sich zuletzt eine Flasche Champagner aufs Zimmer bringen lassen, die nun neben den leeren Gläsern auf dem runden Tisch stand, an den zwei Sessel geschoben waren. Marek Olsberg stand am Fenster, streckte beide Arme in die Höhe und schob mit einer langsamen Bewegung die Gardinen auseinander. Was sich bei Hotelzimmern für gewöhnlich als mühsam erwies, gelang im ehrwürdigen Plaza Hotel mit Leichtigkeit und auf Anhieb. Als werde eine geheime Mechanik betätigt, öffnete sich der Vorhang mit einem leisen, perlenden Geräusch, ohne dass Marek daran zerren musste. Sein nackter Körper wurde vom einfallenden Licht überströmt. »Der Central Park, so schön wie in einem Film!«, rief er aus. Er war solche Ausblicke noch nicht gewöhnt. Er hatte einen starken Akzent.

Mindestens zehn Meter trennten sie jetzt. Frank war hungrig danach, Marek zu berühren. Marek drehte sich um, die Silhouette materialisierte sich, Frank setzte sich auf, Marek kam auf ihn zu, Frank öffnete den Mund. Es war fast immer dasselbe Gefühl. Noch war es beinahe wie das erste Mal mit diesem Mann.

So würde er sich an Mareks Körper erinnern – um ihn dann zu vergessen. Die Suche nach dem nächsten Körper würde dessen Reize auslöschen. An den Rändern der Erregung lauerte bereits die Erwartung nach dem nächsten Kick, daran konnte der schönste, mutigste und zuverlässigste Mann der Welt nichts ändern, keiner hielt einen fest, keiner hielt der nächsten Versuchung stand, auch Marek nicht.

Selbst am Abend zuvor, kaum hatten sie sich kennengelernt, hatten sie beide den attraktiven Mann nicht ignorieren können, der die Bar, in der sie saßen, in weiblicher Begleitung betreten hatte. Er hatte sich hingesetzt, ohne die Aufmerksamkeit zu bemerken, die er bei den Männern erregte. Es gab immer einen höheren Trumpf als das Ass.

Mareks Schönheit war konkurrenzlos, von welchem Standpunkt aus man sie auch betrachtete. Aber auch sie war flüchtig – so flüchtig wie der Augenblick, in dem man mit ihr in Berührung kam. Zur Lust gehörte die Trennung, der kurze brennende Schmerz beim Gedanken, dass man sich aus den Augen verlieren würde. Ein Schmerz, der vorüberging.

Frank war zu gierig, und Marek war es auch – und die Frist war gesetzt. Sie konnte so wenig hinausgezögert werden wie Mareks nächstes Konzert (in Chicago oder Washington). Also trieben sie weiter, solange es ihnen möglich war. Frank schloss die Augen. Er glaubte zu bersten, so steif war er jetzt. Marek war nur einer von vielen, und für Marek war er nur einer unter anderen. Das wussten beide. Danach griffen sie. Sie sprachen nicht über Musik und nicht über Malerei.

Als Olsberg die Gardinen öffnete, war es bereits Mittag. Als sie endlich aufstanden, war es zwei. Nachdem sie gemeinsam geduscht und ein letztes Mal Sex gehabt hatten, verabschiedete sich Frank. Er verließ das Zimmer allein, Marek blieb zurück. Der Zimmerservice hatte sich nicht bemerkbar gemacht. Im nobelsten, luxuriösesten und womöglich teuersten Hotel New Yorks war Diskretion garantiert.

Als Frank ins Freie trat, überfiel ihn sekundenlang das Gefühl, einen nicht wiedergutzumachenden Fehler begangen zu haben. Er wollte umdrehen, aber er machte nicht einmal eine halbe Kehrtwendung, er blieb einfach stehen – und ging dann weiter. Es gab keine Möglichkeit, die Richtung zu ändern, er hatte keinen Fehler gemacht. Er verließ das Hotel, ein schwarzer Portier hielt ihm die Tür auf. Er bog rechts ab in die Madison Avenue. Er würde zu Fuß nach Hause gehen. Bis ganz unten.

Frank wusste, dass Marek am Abend von einem Fahrer abgeholt und nach Newark gefahren werden würde, um zu einem neuen Konzerttermin zu fliegen. Er hatte sich den Namen der Stadt nicht gemerkt, obwohl Marek ihn erwähnt hatte.

Marek wusste, dass Frank Deutscher war, Frank wusste nicht, dass Mareks Großvater von Angehörigen der Wehrmacht ermordet worden war und welche Auswirkungen das auf seine Familie gehabt hatte. Was vor wenigen Stunden keine Rolle gespielt hatte, war auch jetzt ohne Bedeutung.

Frank fertigte am nächsten Morgen eine Skizze von Mareks Kopf an, übermalte jedoch alles Erkennbare bis zur Undeutlichkeit, als wollte er die fotografische Erinnerung auslöschen. Am längsten blieb der Duft seines Eau de Toilette haften, dem er später – im Gegensatz zu anderen Düften – nie mehr begegnete. Vielleicht war es ein Parfüm, das außerhalb der ČSSR nicht hergestellt wurde.

Während Marek sicher nichts daran hinderte, Frank nach wenigen Tagen zu vergessen – die Erinnerung an ihn versickerte in der Abfolge ständigen Packens, Weiterziehens und Ankommens, nicht abreißender, allmählich selbstverständlich werdender Erfolge und ständig neuer Begegnungen in Clubs, Saunen und Darkrooms –, stieß Frank im Lauf der Jahre immer wieder auf Mareks Namen. Wochenlang hörte er seine Aufnahmen von Chopins *Nocturnes* in Dauerschleife, während er in seinem Atelier arbeitete.

Von dieser Affäre erzählte er mir später im Berliner Krankenhaus wie in Trance, mit geschlossenen Augen, als spreche er zu sich selbst, als fantasiere er sich eine Erinnerung zusammen, die er irgendwo aufgelesen hatte, in einem Buch oder Film. Ob er oder Marek Olsberg all das je erlebt hatten, spielte keine Rolle. Ich hatte keinen Grund, daran zu zweifeln, dass alles so gewesen war, wie er es schilderte, aber wer weiß.

Er schrieb mir einmal, er sei allein (»nicht einsam!«) und höre viel Musik, vor allem Chopin, dessen Stücke ihn in einen inspirierten, aufgeschlossenen und aufnahmefähigen Zustand versetzten, der seiner Arbeit zugutekomme, weil er dabei seine Probleme vergesse. So viel Macht habe die Musik, so viel Macht dieser ganz besondere Komponist der kleinsten bis allerkleinsten Form, der ihm näher war als viele Menschen.

Ohne auch nur das Geringste darüber zu wissen, stellte ich mir ein großes, schmutziges Atelier mit meterhohen Fensterscheiben vor, die seit Jahren nicht mehr gereinigt worden waren. Auf wohltuende Weise waren sie blind für die äußere Welt. Und dieser Raum war von Klaviermusik erfüllt.

Ich kam nicht auf den Gedanken, ihn danach zu fragen, von welchen »Problemen« er spreche, und ich bin überzeugt, dass Frank das nicht von mir erwartete. Hätte einer meiner Söhne je so etwas zu mir gesagt, wäre ich sofort in Alarmbereitschaft versetzt gewesen, aber natürlich würden sich Jerôme oder Fabrice eher die Zunge abbeißen, als sich mir gegenüber zu solchen Bekenntnissen hinreißen zu lassen. Statt mir Sorgen zu machen, stellte ich mir lieber vor, Frank male wie ein Besessener Bild um Bild, während er Chopin hörte.

Tatsache war, dass ich keine Verantwortung für Frank trug. Ich hatte keine Ahnung, ob er viel malte und mit welchen Malern er verkehrte. Ich besaß kein Foto seines Ateliers, ich wusste lediglich, dass es sich um ein Loft in einem Hinterhof der Canal Street handelte, das den Vorteil hatte, sich in der Nähe einer wenig frequentierten Telefonzelle zu befinden. Mir blieb die Vorstellung einer verwahrlosten Gegend mit Junkies im Treppenhaus, ungewaschenen Dealern in dunklen Hauseingängen, verkrüppelten Bettlern auf der Türschwelle und besoffenen Nutten, kurz menschlichem Abschaum. Wer sich heute ein Bild davon machen will, wie Manhattan damals aussah, schaue sich Woody Allens Film *Annie Hall* an.

Heute würde man das fotografieren und posten, damals waren die Wege, auf denen Mitteilungen verschickt wurden, lang, und eine Unmenge an Beweisen für die Existenz gewisser Dinge blieb im Lauf der Zeit auf der Strecke.

In mir hatte Frank seinen weit entfernten Zeugen, dem er schreiben konnte, was er wollte, ohne befürchten zu müssen, dass ich ihm allzu deutlich zu verstehen gab, wie wenig Verständnis ich für seine Lebensweise aufbrachte. Selbst wenn er glaubte, mir mitteilen zu müssen, dass sein Sexleben nicht anders war als das eines durchschnittlichen New Yorker Schwulen, löste das in mir aber nicht das aus, was es bei seinem Vater ausgelöst hätte, den er mit solchen Geständnissen glücklicherweise verschonte.

In nichts unterschieden wir uns deutlicher von der heutigen Jugend als dadurch, dass wir uns über kaum etwas ernsthaft entrüsteten – außer vielleicht über die Vietnampolitik der Amerikaner und den Kapitalismus im Allgemeinen. Während unsere Kinder unentwegt Dinge entdecken, die ihre Empörung hervorrufen, waren wir der Meinung, dass jeder – oder fast jeder – nach seiner Fasson glücklich werden sollte.

Als ich zum ersten Mal von Aids hörte, dachte ich sofort an Frank. Meinen Impuls, ihn anzurufen, unterdrückte ich aber augenblicklich. Die Angst um ihn packte mich jedes Mal, wenn ich von Aids hörte.

Ich erinnere mich, dass man sich anfangs nicht sicher war, welchen Namen man der Krankheit geben sollte, ohne eine Gruppe von Menschen zu verletzen. »Schwulenpest« ging ebenso wenig wie »Schwulenseuche« – beide Worte wurden zu Beginn benutzt. Man einigte sich schließlich auf Aids, ein Wort, gegen das sich einige Betroffene – aus Gründen, die mir entfallen sind – zunächst wehrten. Aids klang zugewandt nach Sorge und Hilfe, es blieb also dabei. Vielleicht war es gerade das, was eine Minderheit störte, die nicht auf Wohltätigkeit angewiesen sein wollte, sondern auf ihren Stolz und ihre Autonomie pochte. Die Bedeutung so vieler Dinge, die einem vor langer Zeit sehr wichtig erschienen, zerrinnt im Lauf der Zeit zu einem Häufchen Substanzlosigkeit, als hätte es sich außer in den Köpfen der wenigen, die sich daran erinnern, gar nicht abgespielt, und auf deren Erinnerung ist meist kein Verlass.

In Frankreich hingegen klingt *Sida* säuerlich wie *Cidre,* ich denke bis heute an *sidéré*. Und so war es ja auch: Wer davon betroffen war oder Betroffene im Freundes- oder Familienkreis hatte, war fassungslos, geradezu gelähmt, am Boden zerstört, während jene, die die Vorgänge aus der Ferne beobachteten, größtmöglichen Abstand wahrten, was es für die Betroffenen nicht unbedingt leichter machte.

Viele Angehörige versuchten dennoch, die Augen vor der Realität zu verschließen; dass es ihnen gelang, bezweifle ich. Denn sie sahen ja, dass das, woran ihre Freunde, Bekannten und Verwandten starben, nur Aids sein konnte. Doch wenn es darum ging, eine offizielle Todesursache zu nennen, wurde meist verschleiert, unterdrückt oder einfach gelogen. Also hieß es, der Verstorbene sei unerwartet aus dem Leben gerissen worden.

Auch nachdem sich Rock Hudson spektakulär als Schwuler geoutet hatte, der an Aids erkrankt war und in einer privat gecharterten Boeing 747 von Paris nach Hause hatte fliegen müssen, weil sich sämtliche Airlines weigerten, ihn mit einem Linienflug zu transportieren, starben junge Männer aus dem Showbusiness weiterhin formell an Schlaganfällen, Krebs oder seltenen Krankheiten. Die Mehrheit mochte glauben, was man ihr vorgaukelte. Den Rest reimten sich jene Leser zusammen, die weniger ahnungslos waren.

Es war nicht einfach. In amerikanischen Filmen wurden Küsse unter größten Sicherheitsvorkehrungen nur noch vorgetäuscht, oder es wurde überhaupt nicht mehr geküsst. Küssen im Film war plötzlich ein Thema, natürlich auch bei Werbefilmen, wo es sich am ehesten vermeiden ließ. Man trank nicht mehr aus fremden Gläsern und aß nicht mehr von fremden Tellern. Man vermied es, Aidskranken die Hand zu geben. Schauspielerinnen, die schwule Schauspieler geküsst hatten, fühlten sich gefährdet; von den Schauspielern, die man nicht mehr beschäftigte, gar nicht zu reden.

Manche vermieden es grundsätzlich, Schwule zu berühren, weil man argwöhnte, jeder trüge den Keim der Ansteckung selbst dann in sich, wenn er noch gesund war oder gesund aussah, was ja nicht dasselbe war; wobei man davon ausging, Schwule seien erkennbar und Heterosexuelle führten kein Doppelleben auf Bahnhofstoiletten.

Eine schreckliche Zeit. Als Rock Hudson im August 1985 in Begleitung einer Handvoll Getreuer nach Los Angeles flog, waren bereits über sechstausend Menschen an Aids gestorben. Ausschließlich Männer. Zehntausende waren in den USA bereits erkrankt, eine vergleichsweise niedrige Zahl, wenn man bedenkt, dass sie bald in die Hunderttausende gehen würde. Wer erkrankt war, starb. Noch gab es keine Therapie, es dauerte Jahre, bis man herausfand, welche Medikamente die Krankheit in Schach hielten.

Daran, dass die meisten Toten homosexuell waren, änderte sich auch nichts, als allmählich immer klarer wurde, wie sich die Krankheit verbreitete, warum man daran starb, dass man nicht schwul sein musste, um sich zu infizieren, dass sich auch Drogenabhängige ansteckten, auch Männer und Frauen, denen man unsaubere Blutkonserven verabreicht hatte. Irgendwann wusste man auch, wie man sich schützen konnte.

Auch ich verfolgte das alles in den Medien, die tagtäglich darüber berichteten, sensationslüstern, manchmal hämisch, selten kühl und objektiv, selbst Wissenschaftler waren nicht immer frei von Vorurteilen.

Auch ich konnte meinen Blick nicht von den Fotos der Männer losreißen, die nur noch Haut und Knochen waren, von Sterbenden, die wie Tote aussahen, die man vom Kreuz abgenommen hatte. Die überlebensgroße Werbefläche des Modeunternehmens Benetton, das einen Sterbenden im Kreis seiner Familie zeigte, erregte die Gemüter; man erreichte, was man bewirken wollte. Indem man voller Entsetzen und Abscheu auf die Plakatwände starrte, sah man dem Tod in die Augen, dazwischen gab es nichts, keine Hoffnung, keine Hilfe. Man wusste, dass diese greisenhaften Gespenster in Wahrheit meist sehr jung waren und das Leben eben noch in vollen Zügen genossen hatten. Manche Beobachter betrachteten den frühen Tod als gerechte Strafe für zügellose sexuelle Freiheit.

Erst war es nicht anders als bei jeder anderen Epidemie. Man hörte davon und hörte erst mal weg, weil es sich auf einem anderen Kontinent abspielte, einige Tage später hörte man erneut davon und erinnerte sich sofort, schon davon gehört zu haben, um es dann wieder beiseite zu schieben, was besonders leichtfiel, wenn es einen nicht direkt betraf. Bei mir war es anders: Da war Frank, es betraf Frank, es konnte ihn jederzeit treffen. Die Schreckensmeldungen aus den USA rückten immer näher. Zu hoffen, dass die Krankheit den Atlantik nicht überqueren würde, erwies sich bald als naiv.

Damals fiel mir zum ersten Mal auf, dass Frank der einzige Mann in meinem Freundeskreis war, der sich offen dazu bekannte, homosexuell zu sein. Selbst in der Werbe- und Filmbranche gehörten solche Enthüllungen nicht zum Alltag. Es wurde höchstens getuschelt.

Wann habe ich Frank endlich angerufen? Wie viele Informationen waren nötig, bis ich mich dazu entschied?

Es war eine Behörde des Hamburger Senats, die eine der Aufklärungskampagnen in Auftrag gab, die Mitte der Achtzigerjahre wie Pilze aus dem Boden schossen und die wir gemeinsam mit einer Agentur entwickelten, mit der wir schon seit Jahren eng zusammenarbeiteten.

An das Jahr – 1986 – erinnere ich mich genau, weil ich damals zum ersten Mal die Kamera selbst führen durfte. Inzwischen hatte ich mit Frank über Aids gesprochen; nicht ich, er hatte davon angefangen. Es ging ihm gut. Er versicherte mir am Telefon, er sei weder krank, noch gebe es Anzeichen dafür, dass er sich infiziert habe, was aber nichts heiße. Heimtücke sei schließlich einer von mehreren Aspekten tödlicher Krankheiten.

Um ihn herum starben Freunde und flüchtige Bekannte wehrlos wie erschöpfte Fliegen, das waren seine eigenen Worte; er zog sich mehr und mehr in sein Atelier zurück und wartete darauf, an der Reihe zu sein. Die Krankheit sei förmlich zu riechen, sagte er mir. Die Orte, an denen man sich früher getroffen hatte, waren leer, viele Lokale hatten geschlossen, Betreiber und Besucher waren verschwunden.

Sobald sich bei ihm erste Symptome zeigten, würde er unverzüglich nach Deutschland zurückkehren. In den

USA war er nicht versichert, würde er krank, hatte er niemanden, der ihm beistand.

»Lass von dir hören«, sagte ich ihm, und meine Hoffnung war, dass er nichts von sich hören lassen würde. Manche überlebten.

Von Beginn an war ich an der visuellen Umsetzung der Kampagne – also auch an der Entwicklung des Drehbuchs – beteiligt, deren Ziel es war, der sogenannten Allgemeinheit die Angst vor Aids, mehr noch aber vor deren Überträgern zu nehmen; selbst wenn man jetzt wusste, dass Aids jeden treffen konnte – auch Frauen und Kinder –, waren es weiterhin fast ausschließlich Schwule, die von der Krankheit betroffen waren. Es ging darum, sie zu entdämonisieren und ihnen beizustehen, beides zugleich.

Unsere Aufgabe bestand darin, Begegnungen zwischen *Betroffenen* und *nachweislich nicht schwulen* Prominenten spielerisch zu dokumentieren. Zwar durfte die Krankheit nicht verharmlost werden, aber sie sollte ausnahmsweise etwas in den Hintergrund rücken; man wollte *persönliche Geschichten vom entspannten Zusammenleben* erzählen, man wünschte sich eine versöhnliche Vorstellung, ein *abweichendes Narrativ,* wie man heute sagen würde; die Senatsstelle orientierte sich an ähnlichen Projekten der *Inklusion,* ein Begriff, den man damals natürlich auch nicht verwendete. Künstler, Politiker,

Kulturvermittler – ein damals ebenfalls noch unbekanntes Wort –, bekannte Gesichter und Aidskranke sollten gemeinsam ein Bild der Einmütigkeit, Normalität und Solidarität heraufbeschwören.

Es war gar nicht so leicht, Persönlichkeiten aufzutreiben, die bereit waren, sich öffentlich mit Aidskranken zu zeigen. Einige hatten Bedenken, mit einer Minderheit identifiziert werden zu können, die damals noch längst nicht über jene Lobby verfügte wie heute. Doch glücklicherweise gab es ein paar Ausnahmen, die sich nicht nur deshalb zur Verfügung stellten, weil sie ohnehin immer an vorderster Front kämpften, wenn es um ihre eigene publikumswirksame Präsenz ging.

Ob unser kleiner Film – er dauerte kaum mehr als drei, vier Minuten – auch jene überzeugen konnte, die sich gar nicht überzeugen lassen wollten, bezweifle ich; sich darüber den Kopf zu zerbrechen, gehörte nicht zu unseren Aufgaben. Unsere Aufgabe war es, einen professionellen Spot abzuliefern. Was die Promis angeht, waren wir für deren Auswahl nicht zuständig; darum kümmerte sich die Senatsverwaltung gemeinsam mit der Werbeagentur.

Ich erinnere mich an den Drehtag im Frühsommer im *Planten un Blomen,* dem großen Hamburger Stadtpark. Wir hatten schönes Wetter abgewartet und bekommen, was um diese Jahreszeit damals im Norden nicht selbstverständlich war (auch das hat sich im Lauf der Jahre geändert), Hamburg galt zu Recht als dauernass und ständig unterkühlt. Um elf Uhr morgens waren alle da. Die Stimmung war zurückhaltend und freundlich; ab eins, als alle geschminkt waren, konnten wir drehen. Die Atmosphäre war kaum ausgelassener als in einem Krankenzimmer, nur nicht so bedrückend, und die Luft war besser, es roch nach Flieder, aber es wurde nicht gelacht und man achtete auf seine Worte.

Flieder? Im Juni war selbst in Hamburg der Flieder verblüht. Die Erinnerung trügt, aber der Duft bleibt.

Einer der Beteiligten wurde von einem abwesend wirkenden Pfleger, Partner oder Bruder im Rollstuhl über den dafür höchst ungeeigneten Rasen geschoben, keine Ahnung, warum er nicht den Sandweg benutzte. Die Krankheit war bei diesem Patienten offenkundig weit fortgeschritten. Er war viel zu schwach, viel zu erschöpft, viel zu abgemagert, um sich selbstständig fortzubewegen. Sein Helfer war so ungeschickt, dass sein Schützling mehrmals aus dem Stuhl zu kippen drohte. Jemand von der Crew eilte zur Unterstützung herbei. Ich glaube nicht, dass sich bei diesem Anblick noch jemand einredete, es handle sich um einen vorübergehenden Zustand. Dass er wie Lazarus wiederauferstehen würde, war unvorstellbar.

Es war deprimierend zu wissen, dass die anwesenden Kranken, die allesamt jünger als fünfunddreißig waren, am Ende dieses Jahres tot sein würden. Sie hatten

Aids, Aids war tödlich. Es gab niemanden, der das nicht wusste. Wir versuchten, uns nicht anmerken zu lassen, wie schockiert wir waren, doch die bedauernswerten Männer hatten andere Sorgen, als sich mit unserer Befindlichkeit auseinanderzusetzen.

Der Junge im Rollstuhl war der Jüngste, gerade mal vierundzwanzig Jahre alt, das erfuhren wir im Lauf des Drehs. Der Infusionsbeutel und der Schlauch, an dem er hing, würde im Spot nicht zu übersehen sein, das war auch so beabsichtigt; das dramatische Detail war wichtig; ungeschminkte Wahrheit traf auf selbstlose Empathie. Das war es, was die Auftraggeber vermitteln wollten, vorausgesetzt wir tauchten es in ein Licht, welches das schwer Erträgliche – den Infusionsbeutel und den sich abzeichnenden Totenschädel des anonymen Kranken – erträglich machte; hier kam ich, der Kameramann, ins Spiel; Gegenlicht erzeugt, wenn es richtig eingesetzt wird, nicht nur in der Waschmittelwerbung ein Gefühl der Harmonie und Wärme.

Wir stimmten in aller Bescheidenheit das Hohelied vom Verständnis der Gesunden für die Kranken an. Unser Auftrag bestand darin, Lockerheit im Umgang, vielleicht sogar Fröhlichkeit zu demonstrieren – alles war möglich, wenn man nur willens war. Die Parteien sollten freundschaftlich miteinander verschmelzen, bestenfalls nicht unterscheidbar werden – das war nicht einfach –, wobei das Einfühlungsvermögen der Kranken in die Gesunden, die nicht in ihrer Haut steckten, nicht Gegenstand des Interesses war. Was konnte den Sterbenden gleichgültiger sein als das, was die Lebenden empfanden, die noch Jahrzehnte vor sich hatten, während sie wussten, dass sie in wenigen Monaten unter der Erde sein würden? Ob die Überlebenden sie bemitleideten oder insgeheim von ihnen doch etwas abgestoßen waren, würden sie sich nicht anmerken lassen, schließlich waren es Menschen, die im Rampenlicht standen und wussten, wie man sich dort zu verhalten hatte.

Was bedeutete unsere Bereitschaft, barmherzig zu erscheinen, angesichts des Todes, den nichts beeindrucken konnte? Das war nicht unser Thema. Schließlich wollten wir auch hier etwas verkaufen: Menschlichkeit nämlich.

Spätestens am Ende dieses Tages wusste ich – und wussten es sicher auch die anderen Beteiligten –, dass niemand das Sterben dieser jungen Männer erleichtern konnte, wir mit unserer glamourösen Unterstützung schon gar nicht. Im Angesicht des unaufschiebbaren Endes würden sie allein sein.

Nach diesem Drehtag ging jeder seine eigenen Wege. Wir bildeten lediglich die Oberfläche ab, einen kleinen Reiz, Illusionen und Wunschvorstellungen. Niemand erwartete ernsthaft etwas anderes von uns. Es ging nicht um die Kranken, es ging um die anderen. Der erste Spot, den ich in eigener Verantwortung drehte, stellte das Scheitern aus, ohne es wirklich zu zeigen.

Wir hatten vorab mit dem Maskenbildner besprochen, wie wir verfahren würden, sollte einer der Beteiligten unter dem Kaposi-Sarkom leiden, damit musste man rechnen. Man hatte uns darüber informiert, dass die Flecken schon bei einer flüchtigen Berührung, erst recht beim Überschminken, aufplatzen konnten. Doch wir hatten Glück. Zufällig hatte keiner der Beteiligten auch nur Anzeichen dafür im Gesicht oder auf den Armen. Niemand brauchte sich vor ihnen zu ekeln.

Ich müsste wohl noch erwähnen, dass sich zwei Maskenbildnerinnen geweigert hatten, überhaupt zum Dreh zu erscheinen; sie bemühten sich nicht um Ausreden, sondern äußerten sich in aller Deutlichkeit. Sie verzichteten lieber auf den gut bezahlten Job, als sich dem Risiko einer Ansteckung auszusetzen. Unsere Beteuerungen, dass dieses nach dem neuesten medizinischen Stand nicht existierte, halfen nichts. Der homosexuelle Maskenbildner, der kurzfristig einsprang, wusste, was zu tun war, er hatte keine Angst. Der Regisseur erklärte ihm, dass es nicht darum gehe, die Kranken gesundzuschminken, womit er sicher Erfahrung hatte – verkaterte oder erkältete Schauspieler und Schauspielerinnen waren ihm oft genug untergekommen. Die Kranken waren krank, wir wollten nichts beschönigen. Wir wollten Kranke zeigen.

Die Zeit eilte. Wenn ich mich recht erinnere, war der Film innerhalb von weniger als drei Wochen so weit fertiggestellt, dass wir ihn unserem Auftraggeber vorführen und seine Zustimmung einholen konnten. Unsere Klienten – die Behörde und die Agentur – waren mit dem Resultat meiner Arbeit zufrieden, und ich war es auch. Dass ich es heute noch wäre, bezweifle ich. Von einer Arbeit überzeugt zu sein, die Jahrzehnte zurückliegt, ist wohl nur jenen gegeben, die über das verfügen, was man unverständlicherweise gesundes Selbstvertrauen nennt.

Während etwa zwei Jahren lief der Film in sämtlichen Kinosälen Hamburgs, bis er sich irgendwie überholt hatte. Als regelmäßiger Kinogänger habe auch ich ihn unzählige Male zwischen Tabak- und Alkoholwerbung vor dem Hauptfilm gesehen. Welche Archive man durchforsten müsste, um ihn auszugraben, entzieht sich meiner Kenntnis. Ich habe ihn seither jedenfalls nicht wiedergesehen. Wie fast alles, was wir damals produzierten, ist er inzwischen vermutlich unauffindbar oder vom Fraß der Zeit vernichtet.

Ich erzählte Frank nichts von diesem Auftrag. Es wäre mir peinlich gewesen, hätte er ihn gesehen. Noch war er in New York, noch ging es ihm gut.

Wenn ich den fertigen Spot auch aus meinem Gedächtnis getilgt habe, ist die Erinnerung an die Dreharbeiten noch da.

4

Wann, wo und bei wem er sich angesteckt hatte, wusste Frank nicht. Wer das wusste oder zu wissen behauptete, musste seit seinem Coming-out ziemlich zurückgezogen gelebt haben, was in der sprichwörtlichen promiskuitiven Community eher selten der Fall war. Wer noch vor Kurzem zu bedauern gewesen war, weil er ein unerfülltes Mauerblümchendasein geführt hatte, hatte jetzt die größte Chance, zu überleben.

Wer sich trotz dieser selbst gewählten oder durch äußere Umstände diktierten Isolation angesteckt hatte, war allerdings erst recht zu bemitleiden, denn nun stellte sich heraus, dass er – wie auch immer er bisher gelebt hatte – stets auf der falschen Seite gewesen war. Für seine Zurückhaltung war er nicht belohnt worden, sein Leben nahm ein abruptes Ende.

Auch wenn es vielen verständlicherweise zu langsam voranging, machte das Wissen über die Krankheit, verglichen mit anderen Entwicklungen auf medizinischem Gebiet, rasche Fortschritte. 1984 entdeckte man die Ursache der Krankheit, 1985 wurde in den USA der erste HIV-Antikörpertest zugelassen, inzwischen kannte man die Ansteckungswege und wusste, wie man sie verhindern konnte. Weltweit wurden Millionensummen in Anti-Aids-Kampagnen für Aufklärung, insbesondere über *Safer Sex* gesteckt; worüber man bislang nur hinter vorgehaltener Hand gesprochen hatte – die Anwendung von Kondomen etwa –, wurde in gewissen Kreisen gesellschaftsfähig. Menschen, die davon überzeugt waren, in ihrem ganzen Leben noch keinem Schwulen begegnet zu sein, stießen in Zeitungen und im Fernsehen auf eine öffentlich erörterte Form der Sexualität, an die sie bislang keinen Gedanken verschwendet hatten. Wer auf sich hielt, steckte sich rote Schleifchen ans Revers und demonstrierte damit mutig seine Solidarität.

Die Zeit verging, es gab Rückschläge. 1993 stellte sich heraus, dass keines der Medikamente, auf die man gesetzt hatte, dauerhaft half; spätestens nach vier Monaten ließ die Wirkung vollständig nach. Niemand konnte sich zurücklehnen, man wagte weiterhin die Flucht nach vorn. Ständig tauchten in den Medien widersprüchliche Meldungen über wissenschaftliche Erfolge und Fehlschläge auf, die die Betroffenen kurzfristig aufatmen ließen und dann wieder zurückwarfen. Auf optimistische Hypothesen folgten deprimierende Dementis, auf Lichtblicke düstere Verzweiflung. Gab es Kranke, die freiwillig in den Tod gingen? Ich erinnere mich nicht, davon gehört zu haben, die Hoffnung, zu überleben, war wohl größer; aber es muss sie gegeben haben.

Hatte man nicht irgendwo eine riesige Uhr installiert, die beharrlich die Aidstoten zählte? Am Times Square, Eiffelturm oder Piccadilly Circus? Oder zog man eine solche Uhr lediglich in Erwägung? Ehrgeizige Forscher kämpften gegen das unerbittliche Vorrücken der Zeiger, aufgeben wollte niemand, so wurde der Höhepunkt nie überschritten.

Ein wichtiger Schritt war getan, als es 1995 gelang, die Viruslast der Infizierten zu messen; nun konnte man präzise bestimmen, welche Medikamente wirkten und welche nicht. Doch die größte Sensation waren die Studienergebnisse der ersten Kombinationstherapie, die 1997 in Vancouver bei der elften Welt-Aidskonferenz vorgestellt wurde. Diese neuartige Behandlung zeigte keine nennenswerten Nebenwirkungen. Sie garantierte, dass man mit der Krankheit leben und alt werden konnte. Mit Aids infiziert zu sein, war von einem Tag auf den anderen kein Todesurteil mehr. Wer jetzt behandelt wurde, musste – sofern die Krankheit nicht zu weit fortgeschritten war – nicht sterben. Je später Aids ausbrach, desto geringer das Risiko, daran zugrunde zu gehen.

Was ich hier sachlich aufzähle, musste ich mir noch einmal chronologisch vor Augen führen. Wie es damals war, worauf die Betroffenen und ihre Familien, Freunde und Partner warteten, wie lange es dauerte, bis die Zuversicht der Entmutigung wich, können sich heute wohl nur noch jene vergegenwärtigen, die damals erkrankt waren oder zum Kreis der Nächsten gehörten; viele wussten nicht, dass sie infiziert waren, weil sie es nicht wissen wollten und sich gegen eine Untersuchung sträubten; natürlich war die Furcht nicht weniger präsent, wenn man sich weigerte, der Wahrheit in die Augen zu sehen.

Die Latenzzeit konnte bis zu fünfzehn Jahre betragen, eine insbesondere für junge Menschen unüberschaubar lange Zeitspanne, in der man mit unzähligen Männern Sex gehabt haben konnte. In den letzten zwei, drei Jahren enthaltsam gelebt zu haben, mochte einen jetzt vor einer neuen Ansteckung bewahren, die verborgene alte war damit aber nicht aus der Welt geschafft. Das Ende der sexuellen Freizügigkeit, die eben noch so viel gegolten hatte wie nie zuvor, war längst besiegelt, als Frank mich anrief. Er rief mich aus Berlin an. Als er sagte, er sei in Deutschland, in einem Schöneberger Krankenhaus, wusste ich Bescheid. Er war an der Reihe. Es war Zeit zu sterben. Was ich bei dieser Nachricht empfand, kann ich nicht beschreiben.

Erst im Krankenhaus haben wir über Franks Intimleben gesprochen, über Sex, über Liebe, über Begierden und

Sehnsüchte, auch wenn Sex, Liebe und Begierden in ein Schattenreich gerückt waren, in dem kein Platz mehr für das Leben war, das er nun führte. Wo er jetzt war, schien alles außer dem nahenden Sterben erloschen. Viele seiner Liebhaber lebten nicht mehr, sagte er mir. Er sprach langsam, als könne er sich nur mit Mühe erinnern, langsam und gelassen.

Ich habe keine Ahnung, ob er bereute, etwas versäumt oder etwas »Verbotenes« getan zu haben, etwas, was ihn direkt auf diese Station gebracht hatte. Ich weiß nicht, ob Reue überhaupt eine Kategorie seines Denkens war; was hatte einer zu bereuen, der einfach das Leben genossen hatte, wie es sich ihm bot und wie er es für richtig hielt? Und doch war es zum Verzweifeln. Wir waren keinen Schritt weiter als beim Tod unserer Mütter.

Er würde seine Geheimnisse mit ins Grab nehmen, während seine Werke in einer ungesicherten Remise irgendwo in Südfrankreich vor sich hindämmern würden, an einem Ort, den er nicht kannte. Er bat mich, ihm Aix und das Anwesen Marie-Noëlles zu beschreiben, wohin wir bald ziehen würden; es fiel mir nicht leicht, da ich bis dahin bloß zweimal dort gewesen war. Fotos davon hatte ich nicht dabei. Also versuchte ich, das große provenzalische Bauernhaus – das *mas* – und den Umriss des zweieinhalb Hektar umfassenden Grundstücks auf ein Blatt Papier zu zeichnen. Papier und Stifte in allen Größen, Farben und Härtegraden gab es hier genug. Ich erwähnte Cézanne, er reagierte nicht.

»Die Gegend Cézannes.« Er reagierte nicht.

»Mit vielen uralten Olivenbäumen bestanden«, sagte ich, und als wollte ich dem Angenehmen etwas Negatives entgegensetzen, fügte ich schnell hinzu: »Aber der Mistral nervt. Er legt sich oft tagelang nicht.«

Ich sagte das, obwohl ich damals kaum Erfahrung damit hatte. Wie sehr er wirklich nervte, wurde mir erst später klar. Ob Frank mein Ablenkungsmanöver durchschaute? Er ließ wortlos alles über sich ergehen.

In welchem der Nebengebäude ich seine Bilder unterbringen würde, wusste ich zu diesem Zeitpunkt noch nicht. Darüber sprachen wir nicht.

Als ich sein Vermächtnis – ohne dies zu beabsichtigen – vor den Augen der Welt verschwinden ließ, nachdem ich es nur flüchtig gesichtet hatte, nahm ich mir vor, mich eines Tages gründlich damit zu beschäftigen; mir schwebte vor, einen Kunsthistoriker mit der Aufgabe zu betrauen, seinen Nachlass aufzuarbeiten. Vielleicht würde man mir dazu raten, möglichst bald eine Ausstellung zu organisieren, weil man damit nicht zu lange warten durfte. Doch es blieb beim Vorsatz. Ich tat nichts, um ihn zu verwirklichen. Die Jahre vergingen, unsere beiden Jungs wurden geboren, Marie-Noëlle kümmerte sich um ihr Geschäft und ich mich um meines, wir lebten uns allmählich auseinander, blieben aber zusammen, nicht bloß wegen der Kinder. So unglücklich war unsere Ehe nie, dass wir uns hätten räumlich trennen müssen.

Der Inhalt der Remise rückte immer weiter aus meinem Blickfeld. Wann dachte ich noch daran? Hin und wieder sagte ich mir, ich müsste mich darum kümmern, und tat doch nichts. Solange der Raum nicht baufällig und das Dach wasserdicht war, machte ich mir keine Sorgen darum. Der ärgste Mistral konnte der Remise nichts anhaben. Es hätte schon der Blitz einschlagen müssen. Drei Jahrzehnte nach Franks Tod hatte ich kaum noch eine Vorstellung von seinen Bildern.

Erst nachdem ich eine Weile reglos im Türrahmen gestanden hatte, drehte Frank den Kopf zu mir um. Das Kissen war, wie ich später feststellte, feucht wie der klamme Augusttag draußen. Was war das für ein mittelmäßiger Sommer!

Ich war nicht sicher, ob er mich gleich erkannte. Die Tür fiel ins Schloss. Er war allein. Er war nicht tot. Das Bett des anderen Patienten war leer, die Laken waren zerwühlt, ich entdeckte Taschentücher mit Blutspuren – so jedenfalls sah es aus –, Romane, Sachbücher, *Bunte*, *Stern* und *Spiegel*. Wie viele Todgeweihte hatten sich auf dieser Matratze schon hin und her gewälzt? Nie war einer genesen. Es war eine Sterbestation für schwule Männer.

Ob er sich freute, mich zu sehen, blieb ebenso im Dunkeln seiner tief in den Schädel gegrabenen Augenhöhlen wie die Frage, ob er mit meinem Besuch gerechnet hatte. Er wirkte weder erschrocken noch überrascht. Hatte er vergessen, dass wir einige Tage zuvor miteinander telefoniert hatten? Die Situation war schlimmer, als ich erwartet hatte, vor allem, weil ich Frank in dem, was von ihm übrig war, kaum erkannte. Das heißt, ich glaubte in ihm seine sterbenskranke Mutter wiederzusehen. Dem Impuls umzudrehen und mich heimlich wegzuschleichen, widerstand ich aber, ich war schließlich kein Feigling. Er war für mich wie ein Bruder.

Angesichts des ungemachten Bettes hatte ich mich unwillkürlich gefragt, warum hier niemand nach dem Rechten sah, doch im Lauf meiner weiteren Besuche – ich blieb eine Woche in Berlin – wurde mir klar, dass es gerade die Abwesenheit geregelter Abläufe und ständiger Kontrolle war, die dazu beitrug, dass sich die Kranken hier wohlfühlten; fast so, als wären sie zu Hause. Man ließ sie in Ruhe und leistete dabei die Hilfe, die sie brauchten.

Ich schob einen der herumstehenden Stühle an Franks Bett und setzte mich. Ich sagte: »Ich bin jetzt da, ich bin heute angekommen, ich kann eine Woche bleiben«, und er nickte. Er blickte mich lange an, bevor er den Mund öffnete. Ich verstand ihn aber nicht sofort.

Frank hatte geschwitzt, doch seine Stirn war eiskalt. Es war August, aber der Sommer schien bereits am Ende seiner Kraft zu sein. Es war, als habe er sich den Kranken hier angepasst (ich war ein paar wenigen auf dem Flur begegnet). Schweiß rann ihm vom Kinn. Er zitterte vor Kälte.

Das Fenster war halb geöffnet, von draußen drangen Verkehrsgeräusche herein; noch lauter aber war der Baulärm, der den Verkehrsstrom übertönte. Er bat mich, das Fenster zu schließen. Ich stand auf und tat es.

»Wie ist die Luft hier drin?«

»Die Luft ist gut«, antwortete ich.

Er wusste, dass ich ihn nicht belog. Er traute sich, tief einzuatmen, und schloss die Augen. Ein Presslufthammer war zu hören.

»Ist es mein Herz?«, fragte er mich. Ich verneinte.

Er sprach so leise, dass ich ihn kaum verstand. Sobald er versuchte, lauter zu sprechen, versagte seine Stimme, er konnte nur flüstern und gab mir zu verstehen, ich solle näher kommen. Ich hielt mein Ohr so dicht an Franks Lippen, bis ich seinen Atem spürte. Das Einzige, was Leben verströmte, war das, was ihn noch am Leben erhielt. Ich fürchtete mich nicht vor der Ansteckung. Ich hatte genug über Aids gelesen, um keine Angst mehr zu haben.

Er sagte nur: »Wasser.«

Ich benetzte mit dem dafür bereitstehenden Schwamm, der am Ende eines dünnen Stäbchens steckte, seine Zunge und seine Lippen. Ich war seit dem Tod meiner Mutter nicht mehr in einem Krankenhaus gewesen. Über den Tod unserer Mütter hatten wir schon früher nicht sprechen wollen. Wir waren stets zu jung für Krankenhäuser gewesen. Frank war zu jung zum Sterben. Unsere Väter waren zu jung gewesen, um Witwer zu sein. Und doch hatte es keinen anderen Ausweg gegeben. Der Tod kam für alle so früh, als gäbe es eine Absprache im Jenseits. Es hätte nicht genügt, den Schwamm, der eben noch Franks Zunge berührt hatte, an die eigene Zungenspitze zu führen, um sich Franks Tod zu holen.

»Besser so?«

Frank nickte. Wir schwiegen. Irgendwann dämmerte ich weg, und als ich die Augen wieder aufschlug, war das Licht aus dem Zimmer verschwunden. Frank war noch da. Er betrachtete mich wohl schon lange.

»Wo ist das Licht? Der Nebel verdunstet«, sagte er – und nach einer langen Pause fügte er hinzu: »Skrik. Weißt du, was ›Skrik‹ heißt?«

Ich sah ihn verständnislos an.

»Der Schrei heißt eigentlich Geschrei. Auf Norwegisch Skrik. Das hat man mir jedenfalls gesagt.«

Ich wusste erst nicht, wovon er sprach, bis er Licht machte und auf eine der Zeichnungen deutete, die am Boden lagen – überall lagen dort Zeichnungen herum. Entfernt erinnerte sie tatsächlich an Edvard Munchs *Der Schrei*. Munch habe Menschen oft an den unteren Rand seiner Bilder gemalt, aus denen sie herauszurutschen schienen, sagte er.

»Als ob sie auf einer Bananenschale ausrutschen, und weg sind sie.«

Er lächelte – zum ersten Mal.

»Schade, dass die meisten nur das eine Bild von ihm kennen, als ob er nichts anderes gemalt hätte. Pech gehabt.«

Er hatte Munchs Bilder in New York gesehen. *Museum* sprach er englisch aus. Dann versagte ihm die Stimme, und er verstummte. Er schloss die Augen, und ich wartete geduldig und ruhig. Ich hatte ja Zeit.

Plötzlich flog die Tür auf und ein untersetztes Wesen betrat das Zimmer und stieß dabei einen gellenden Juchzer aus.

»Freunde sind da«, rief er und deutete mit dem Zeigefinger auf mich.

Frank verzog den Mund zu einem Grinsen.

»Das ist Rolf alias Lene«, sagte er, und Rolf alias Lene, Franks Zimmernachbar, warf mir eine Kusshand zu, deutete einen Knicks an und lispelte: »Lene, von Marlene, die Etagenkönigin der Gesangseinlagen.« Er trug einen hellblauen, mit rosa und weißen Blumen bestickten Seidenkimono und schwindelerregend hochhackige, rosafarbene Schuhe, er trällerte mit sicherem Falsett die ersten Noten einer Arie, die mir bekannt vorkam.

»Die Königin der Nacht«, erklärte Frank. Das war auf Rolf gemünzt.

Rolf alias Lene kicherte, bis er sich verschluckte und sein Lachen in ein Husten überging, das erst aufhörte, nachdem er sich ein Taschentuch vor den Mund gehalten hatte. Es war nicht mit Blut getränkt, wie ich erwartet hatte, sondern – nicht anders als die Taschentücher auf seinem Bett, wie mir klar wurde – mit Lippenstiftfarbe, die sich zwischen Nase und Kinn verteilte. Nach einer ersten Verlegenheit legte sich mein Befremden.

Ich begegnete Rolf alias Lene fast immer, wenn ich Frank besuchte. Aber jedes Mal, wenn ich das Zimmer betrat, war er etwas schwächer. Manchmal lag er nur mit der Unterhose bekleidet auf dem Bett, manchmal trug er seinen Pelz über dem Bademantel, weil er fror, und er sang immer seltener. Seine ansteckende Fröhlichkeit löste sich in Luft auf; das letzte Mal, als ich ihn sah, starrte er stumm und ängstlich an die Decke. Er schien mich nicht einmal zu bemerken. Ob er ein Mann oder eine Frau oder ein Zwitterwesen war, spielte nun keine Rolle mehr, er wartete auf den Tod. Er starb wenige Tage vor Frank. Frank ließ es mich wissen. Er kommentierte es nicht.

Bis zu seinem Tod machte Frank Unmengen von Skizzen, niemand hat sie je gezählt. Das wäre meine Aufgabe gewesen. Egal, wie schlecht es ihm ging, er war noch immer ein Künstler, in meiner Gegenwart, allein, in Gegenwart der Ärzte und Pfleger, in Gegenwart seines Vaters, der mich am Krankenbett, das zum Sterbebett werden würde, bald ablösen sollte. Frank ließ sich nicht beirren.

Während die linke Hand, deren Finger bläulich schimmerten, den Block umklammerte, war seine Rechte, die den Stift hielt, ständig und in alle Richtungen in Bewegung. Sein Strich war zielstrebig und sicher, ein Fegen und Wischen, Ziehen und Stechen, ein Zurückweichen und Vorwärtsdrängen; auch hier fehlen mir die Worte, es zu beschreiben, auch wenn ich diese Momente noch einigermaßen deutlich vor mir sehe.

Was er tat, fand ich bewundernswert. Ich sagte es ihm. Er reagierte nicht, nicht erkennbar jedenfalls, obwohl mir schien, wir wären einander wieder ganz nah. Es war für ihn vielleicht, als ob er zu sich selbst gesprochen hätte. Ich wünschte mir nichts anderes, als dass er glücklich sei, trotz allem, und für Augenblicke vergessen könne, was ihm bevorstand. Vielleicht vergaß er, was sonst mit ihm passierte, solange er arbeitete.

Hätte er als Künstler einen Namen gehabt, wäre ihm jetzt vermutlich die erhöhte Aufmerksamkeit der Kunstwelt sicher gewesen. Man hätte sich um seine Blätter gerissen. Aber niemand kannte ihn. Er hatte keinen Namen, nirgendwo.

Ich weiß nicht, woher er die Zeichenblöcke und die Wachsmalkreide hatte; außer von mir und seinem Vater erhielt er meines Wissens keinen Besuch. Aber da er schweigsam war, erfuhr ich natürlich nicht alles. Gut möglich, dass er eine Pflegerin oder einen Pfleger darum gebeten hatte, sie zu beschaffen. (Meiner Erinnerung nach waren Männer im Pflegedienst damals noch eine Seltenheit.)

Er ließ unzählige Blätter zu Boden fallen. Was ich sah, war vielleicht gerade deshalb so fesselnd, weil es provisorisch schien. Es wäre zu viel, zu ehrgeizig, zu lebendig gewesen, wenn er die Zeichnungen vollendet hätte.

Ich sah die Oberfläche und ahnte, was nicht zu sehen war, als könnte ich mit meinen Fingern unter die Malschicht schlüpfen. Mehr als einmal war ich nahe daran, eine der Zeichnungen heimlich einzustecken, tat es aber nicht. Dabei wusste ich, dass er mir jede Zeichnung, die ich mir wünschte, gern geschenkt hätte. Er wäre über mein Interesse erfreut gewesen. Was dachte ich mir nur, ihn zu enttäuschen, indem ich ihn nicht darum bat? Dass sie mir eines Tages ohnehin gehören würden, wie wir besprochen hatten? Ich weiß es nicht mehr.

Später träumte ich davon, dass die Zeichnungen in Flammen aufgingen oder durch meine Unachtsamkeit im Müll landeten, sie schwammen davon, und die Farben lösten sich auf – wie im richtigen Leben.

Wer gerade hereinkam, ob ich oder jemand vom Krankenhauspersonal, sammelte reflexartig auf, was von seinem Bett aus in alle Richtungen segelte und auf dem braunen Linoleumboden landete, legte es übereinander, bündelte die Blätter und deponierte sie nach Größe getrennt auf dem Fensterbrett, wo die Stapel allmählich wuchsen. Bis dann Schluss war. Aber da war ich nicht mehr dabei.

Mit jedem Blatt schien der Tod näher zu rücken. Es war, als schaute man in ein aufgerissenes Maul, und da war er, der Schrei, den er bei Munch nicht mochte, wie ich verstanden hatte, aber vielleicht hatte ich nur nicht begriffen, was er meinte.

An Details erinnere ich mich nicht, nur an ein Ganzes, das es erst in der Erinnerung wurde. Viele Blätter waren fast schwarz, weiße Flecken leuchteten aus dem Dunkel.

Oberflächlich betrachtet, maß er seinen Aufzeichnungen keinen besonderen Wert bei: Er zeichnete und warf weg, zeichnete und warf weg, manchmal war der ganze Boden um sein Bett mit Zeichnungen übersät, nebeneinander und übereinander. Sie waren ihm nicht weniger wichtig als meine Anwesenheit; oft zeichnete er unbeirrt weiter, nachdem ich das Zimmer betreten hatte, ohne aufzublicken und ohne mich zu begrüßen. Wahrscheinlich waren sie ihm wichtiger als ich.

Nie forderte er mich auf, sie mir genauer anzuschauen, er zeichnete für sich. Sich bis zum Schluss mit seinen Händen zu betätigen, war das Selbstverständlichste, was er tun konnte. Künstler war er auch angesichts des nahenden Todes. Was hätte aus ihm werden können, wäre er am Leben geblieben, wäre er älter und irgendwann doch noch erfolgreich geworden.

Bei meinen letzten beiden Besuchen an zwei aufeinanderfolgenden Tagen öffnete Frank die Augen nicht mehr. Er sagte: »Ich will es nicht sehen«, ohne mir zu erklären, wovon er sprach. Er wusste, was er sagte. Er war bei Bewusstsein.

Er nahm meine Hand und führte sie an seinen Bauch. Seine Erektion war nicht zu übersehen, er versuchte sie nicht zu verbergen. Ich berührte seine Hände, seine Stirn und seine Haare.

Am nächsten Tag sah ich ihn zum letzten Mal lebend. Es war kein Abschied, sondern ein Bruch. Ich hatte mehrere Drehtage in Frankfurt. Sein Vater würde am nächsten Tag in Berlin eintreffen.

Er war sehr schwach. Es war, als habe sich die Erschöpfung wie eine graue, unnachgiebige Plane über ihn gelegt. Langsam wurde sie von unten über seinen Körper hochgezogen, erst bedeckte sie die Füße, dann die Beine, dann den Bauch, schließlich die Brust. Ich verließ ihn für immer. Ich hätte es wissen müssen. Vielleicht wusste ich es ja. Ich versprach, in zwei Wochen wiederzukommen.

Was zwischen ihm und seinem Vater gesprochen wurde, weiß ich nicht. Ich war nicht neugierig, es zu erfahren und sein Vater nicht begierig, es mir zu erzählen.

Frank starb, zwei Tage nachdem sein Vater abgereist war. Er habe sich Hoffnungen gemacht, erzählte er mir am Telefon. »Hoffnungen. Als würde ich etwas Unmögliches von ihm verlangen!« Da er den Eindruck gehabt hatte, es ginge Frank besser als bei seiner Ankunft, war er wegen eines Arzttermins nach München zurückgefahren; eine Woche später wollte er wiederkommen. Zu spät. Der Arzt hätte auch warten können, Franks Vater war kerngesund.

Als ich Frank im Kühlraum sah, entging mir nicht, dass die Finger seiner rechten Hand eine andere Farbe hatten als die Finger seiner Linken. Seine letzte Arbeit hatte schwarze Spuren hinterlassen.

Frank starb am 23. August 1993 im Alter von zweiunddreißig Jahren.

Ich habe nie erfahren, in wessen Armen er starb, ich weiß nur, dass sein Vater sich Vorwürfe machte, in seiner Todesstunde – er sagte »Todesstunde« – nicht an seiner Seite gewesen zu sein. Seine Abwesenheit schien ihm der Gipfel seines Versagens. Dabei hatte er keinen Grund, sich Vorwürfe zu machen, er hatte stets zu seinem Sohn gehalten. »Er war allein, allein in seiner Todesstunde. Ich war nicht da. Ich hätte da sein können. Ich hätte da sein sollen.«

Wie konnte er sicher sein, dass sein Sohn nicht in den schützenden Armen eines Fremden – eines Pflegers oder einer Pflegerin – gestorben war, und wenn nicht eines Fremden, dann eines Menschen, dem das Schlimmste noch bevorstand und der ihm im Krankenhaus zum Freund geworden war? Nichts sprach dagegen, dass er nicht allein gewesen war. Doch auch ich wurde lange Zeit die Vorstellung nicht los, Frank wäre leichter gestorben, hätten ich oder sein Vater an seinem Sterbebett gesessen. Es hätte genügt, jemanden im Viktoria-Luise-Krankenhaus zu fragen, ob er allein gewesen war.

Ich sah ihn erst im Kühlraum wieder, wo der Tod nicht nach Verwesung, sondern wie trockenes Eis roch.

Franks Vater schrieb mir einen Brief voller Selbstanklagen, den ich aufbewahrt habe; ich weiß bloß nicht wo. Während eines langen Telefongesprächs versuchte ich ihn zu beruhigen, doch meine Argumente zeigten keinerlei Wirkung. Das Gefühl, versagt zu haben, wollte nicht weichen. Es wurde noch stärker, als man die Krankheit Jahre später in den Griff bekam. Franks Vater überlebte seinen Sohn um mehr als zwanzig Jahre.

Mein Vater hatte Frank im Krankenhaus nicht besucht. Er gab zu, sich vor der Begegnung zu fürchten. Der Mut, den er damals aufgebracht hatte, um dem Sohn seines besten Freundes zu Hilfe zu eilen, als er von den Zigeunern bedroht wurde, hatte ihn nun verlassen. Es war zu viel geschehen. Er ließ Frank Grüße ausrichten. Ich fragte ihn, ob er ihn nicht anrufen wolle. Da hatte er den Hörer bereits aufgelegt, und ein weiteres Mal insistierte ich nicht. Ich wusste, dass er Krankenhäuser nur schwer ertrug, seitdem meine Mutter gestorben war. Wie hätte ich ihm diese Zurückhaltung verübeln können? Auch Marie-Noëlle zeigte Verständnis für sein Verhalten. Wir hatten nicht gelernt, mit dem Tod umzugehen.

Wir sahen uns bei der Beerdigung in München wieder. Auch mein Vater und seine Freundin waren angereist. Die Trauergemeinde war klein, wir füllten knapp eine Kirchenbank.

Meine Hoffnung, es würden sich ein paar Freunde Franks einfinden, die ich nicht kannte, erfüllte sich nicht, wir blieben unter uns. Franks eigenes Leben glänzte durch Abwesenheit. Mich – seinen »Nachlassverwalter« – hatte er nicht beauftragt, Freunde in New York zu benachrichtigen, ich hatte weder Namen noch ein Adressbruch – jedenfalls hatte ich nichts dergleichen unter den wenigen Sachen gefunden, die man mir im Krankenhaus übergeben hatte.

Vermutlich war ihm Upstate New York weniger fremd gewesen als München, wo er nun bestattet wurde. Hier hatte er seinen Vater vor vier Jahren zum letzten Mal besucht. Was hatte er sonst von München gesehen? Flüchtige Fremde in Parks, Klappen und Saunen? Lebten seine New Yorker Freunde noch, waren sie schon tot, oder lagen sie im Sterben? Kein Fremder tauchte auf, kein Geheimnis wurde gelüftet, niemand hatte geschrieben. Ich weinte. Alle weinten. Der kalte, nach feuchtem Beton riechende Raum war von unserem Schmerz und Franks Abwesenheit erfüllt. Eine Urne und Worte. Kälte, kein Trost. Der letzte Weg seiner Asche – aus einer Totenkammer in ein Erdloch. Es war schrecklich.

Frank hatte mich bei einem meiner Krankenhausbesuche darum gebeten, bei seiner Beerdigung eine Aufnahme des mir damals unbekannten Pianisten Marek Olsberg zu spielen, den er, wie er mir erzählte, in New York kennengelernt hatte. Er wünschte sich ein *Nocturne* von Chopin. Das Stück wühlte uns auf, gleichgültig, welche musikalischen Vorlieben wir hatten.

Ich hatte mir die Aufnahme bei Saturn besorgt, dort führten sie jede Menge CDs des Künstlers, er war also bekannt.

Die wenigen Hinterbliebenen, die in der ersten Reihe der schmucklosen Aussegnungshalle des Münchner Waldfriedhofs saßen, hätten auf einen zufälligen Besucher, der sich hierher verirrte, wie ein Häufchen gestrandeter Passagiere wirken müssen, die von der kleinen Insel, die bislang unbewohnt gewesen war, auf ein Schiff blickten, das entschwand, ohne dass die Besatzung ihre Hilferufe hörte. Er mochte denken, hier würde ein Unbekannter zu Grab getragen, den man aus der Isar gefischt hatte.

Worauf sie starrten, war die Urne, die auf einer kannelierten Säule stand. Sie sollte sicher feierlich und erhaben wirken. Als ich Franks Porträt neben der Urne platzierte, hatte ich festgestellt, dass sie lediglich aus Gips war; war hier nicht alles Täuschung?

Frank war auf dem Foto kaum zu erkennen. Dabei hatte ich es um ein Mehrfaches vergrößern lassen. Angesichts der Ausmaße der Halle reichte die Vergrößerung jedoch nicht aus. Alles hier wirkte verloren.

Niemand machte eine Bemerkung darüber, dass man von einem Kameramann mehr hätte erwarten dürfen als diesen albernen Abzug, mehr Ahnung von Fotos oder zumindest von Vergrößerungen. Doch alle hatten anderes im Kopf als dieses Detail. Es spielte wirklich keine Rolle.

Franks Vater hatte mir ein paar Fotos zugeschickt, doch keines war brauchbar, alle viel zu klein, zu privat, zu weit von der Wirklichkeit, zu weit von der Gegenwart, zu weit von dem Menschen entfernt, den ich kaum erkannt hatte, als wir uns wiedersahen – ein Schock, der sich übrigens jedes Mal wiederholte, wenn ich das Krankenzimmer betrat. Es war, als müsste ein Objektiv, das alles bloß verschwommen wahrnahm, ständig neu scharf gestellt werden. Mein Gedächtnis war offenbar nicht bereit gewesen, Franks Hinfälligkeit zu speichern.

So hatten wir uns für ein Foto entschieden, über das Frank bei seinem Tod längst hinausgewachsen war. Frank war, zumindest in Deutschland, nie von einem Profi porträtiert worden. Sollte das in New York der Fall gewesen sein, befanden sich die Aufnahmen unter Franks Sachen, die im Hamburger Lager auf den Weitertransport nach Aix warteten. Da der Container nicht zugänglich war, konnte ich seine Sachen nicht sichten, im Übrigen fehlte die Zeit dazu. Wir wussten natürlich, dass der junge Mann auf dem Foto neben der Urne nicht der Mensch war, den ich im Krankenhaus besucht hatte. Es war überhaupt nicht der Mensch, der er die letzten zehn Jahre gewesen war.

(Unter seinen Sachen fand ich später dann tatsächlich ein paar Fotos, die ihm besser entsprachen, vor allem Polaroids – inzwischen fast zur Farblosigkeit verblasst –, die vermutlich ein befreundeter Künstler von ihm gemacht hatte. Natürlich habe ich mich gefragt, ob er mit Andy Warhol und den Leuten, die ihn umgaben, in Kontakt gekommen war.)

Ich habe nie bedauert, Frank im Krankenhaus nicht fotografiert zu haben. Ihn als abgemagerten, zerbrechlichen, alterslosen Menschen zu fotografieren, wäre wie eine Drohung gewesen: Wenn du tot bist, will ich dich so in Erinnerung behalten.

Auf dem Foto, das ihn auf seinem letzten Weg begleitete, wirkte Frank besorgt, ja eingeschüchtert, wie einer, der nicht wusste, wohin mit seiner Unsicherheit und der Angst vor dem Leben, das ihn erwartete. Es handelte sich um ein simples Automatenfoto, und die grobkörnige Vergrößerung machte es natürlich nicht besser. Den Hintergrund bildeten die Falten eines dunklen Vorhangs; jeder Fotoautomat war damals damit ausgestattet (und ist es vielleicht heute noch). Da es sich um ein Schwarz-Weiß-Foto handelte, blieb die Farbe des Vorhangs undefinierbar.

Franks Vater hatte nichts gegen dieses Foto einzuwenden gehabt. Die Wahl, die ich getroffen hatte, schien ihm ganz unwichtig. Es ging nicht um ein Foto, sondern um seinen Sohn, der sich ohne ein erlösendes Wort verabschiedet hatte. Mir war es nicht gelungen, etwas

Würdiges daraus zu machen. Jetzt, da es zu spät war, war es mir peinlich.

Ich starrte auf die Gipssäule, auf das Foto und auf die Urne und wollte schreien. Vermutlich ging es uns allen so. Doch statt zu schreien, statt gegen das Schicksal aufzubegehren, saßen wir schweigend und weinend da und wünschten uns, die fremde Pastorin würde die richtigen Worte finden. Heute weiß ich nicht mehr, was sie sagte, welche Floskeln und Bibelzitate sie verwendete, um uns zu beruhigen. Vielleicht hatte sie Erfahrung in der Verabschiedung von Aidstoten, ich glaube mich zu erinnern, dass sie ihre Sache nicht allzu schlecht machte.

Die erbärmliche Unterstellung, Frank sei nur deshalb so jung gestorben, weil er mit allen Männern gefickt hatte, die dazu bereit waren, ließ mich nicht los. New York war die Falle gewesen, in die er getappt war, er wie Zehntausende andere. Auch in San Francisco war er gewesen. Er hatte sich genommen, was zu holen war. Lauter solche Gedanken gingen mir durch den Kopf.

Es hatte den Anschein, als wäre die Krankheit Franks Bestimmung gewesen, nicht irgendeine, sondern diese, die Krankheit der Schwulen, die ungeniert auch jene Prominenten verriet, denen es bislang erfolgreich gelungen war, nach außen hin das Leben zu führen, das ihre Fans von ihnen erwarteten; als saubere Ehemänner oder verwegene Playboys, auf keinen Fall aber schwul. Die

Stars, die die Öffentlichkeit eben noch mit allen Mitteln gesucht hatten, mieden sie nun verzweifelt und wehe, wenn dann doch heimlich erbeutete Bilder von Zombies veröffentlicht wurden, denen der Glamour, der sie einst umgeben hatte, abhanden gekommen war. Manche Eltern gingen so weit, zu behaupten, ihre Söhne hätten sich mit unsauberen Spritzen infiziert. Aus schwulen Kindern wurden Junkies, allenthalben verlorene Söhne. Aber Frank war kein Star, er hatte es nicht einmal geschafft, ein halbwegs akzeptierter Maler zu werden, der zumindest einem kleinen Kreis von Kennern bekannt war.

Meine Gedanken waren niederträchtig, aber natürlich behielt ich sie für mich. Mit Marie-Noëlle habe ich allerdings darüber gesprochen. Damals, als wir frisch verliebt waren, gab es kaum etwas, was wir voreinander geheim hielten, ich in dem wenigen Französisch, das mir zu jener Zeit zur Verfügung stand, sonst sprachen wir englisch, doch sie kapierte stets, worum es ging, die Sprache spielte keine Rolle.

Wir hatten uns in Hamburg kennengelernt, wo sie in einer Exporthandelsfirma die Kenntnisse verfeinerte, die sie für die elterliche Großgärtnerei in Frankreich brauchen würde, deren Leitung sie wenige Wochen vor Franks Tod übernahm.

Nachts träumte ich einmal, Frank und ich lägen nebeneinander in einem unserer Betten, in denen wir als Kinder unzählige Male gemeinsam übernachtet hatten, in einer Zeit, als wir so überzeugend Indianer, Piraten oder Heinzelmännchen spielten, bis unsere Hautfarbe, Beweglichkeit, Größe und Sprache sich unseren Vorbildern vollständig angepasst hatten, und ich wachte schweißgebadet auf, weil Frank mich im Traum zu küssen versucht hatte; schweißgebadet, weil ich geträumt hatte, er habe mich vorsätzlich angesteckt. Er war im Traum nicht der Junge von damals, sondern der sterbende Mann, der er gewesen war, bevor wir ihn beerdigten.

Ich habe oft von ihm geträumt: Nichts war geschehen, er lebte, und ich machte ihm Vorwürfe, sich totgestellt zu haben, um von mir loszukommen. Mal überwog die Erleichterung, mal die Enttäuschung. Ein bitteres Gefühl blieb immer zurück.

Während mich das melancholische *Nocturne* in einen Zustand hätte versetzen sollen, der unangebrachte Gedanken aus der Welt schaffte, dachte ich diese bis in feinste Verästelungen weiter. Dann verstummte die Musik, und die Pastorin sprach tröstende Worte, die niemanden aufrichten konnten. Wir sangen, die Orgel – war es eine echte Orgel oder nur Musik vom Band? – und mein Kassettenrekorder spielten, vielleicht noch ein *Nocturne* oder ein Lied, Frank liebte

Lieder, Schubert war sein Favorit, am liebsten von Frauen gesungen – ich kann Tenöre noch heute nicht von Baritonen unterscheiden.

Es muss Chopins *Nocturne Nr. 2* gewesen sein, das laut Wikipedia besonders oft als Filmmusik verwendet wird, wie ich eben nachgelesen habe. Ich habe Franks Leidenschaft für Musik nie geteilt. Was auch immer ich höre, bedrückt oder langweilt mich schnell; es ist, als löse sich ein dünnes Gewebe gleich wieder auf. Irgendwann hatte er aufgehört, mich dafür begeistern zu wollen; waren das die ersten Anzeichen unserer Entfremdung gewesen: Er ging in die eine Richtung, ich in die andere?

Ich höre mir das Stück an – ich streame die Aufnahme mit Olsberg – und warte darauf, dass es mich in die depressive Stimmung von damals versetzt. Doch ich bleibe unbeteiligt und kühl, das Stück berührt mich nicht – oder drückt sich meine Rührung in kalter Apathie aus?

Eben glaubte ich den Raum zu spüren, in dem wir damals saßen, die Münchner Aussegnungshalle. Dann reißt mit der Aufmerksamkeit für die Musik auch dieser Faden.

Marek Olsberg hat, so lese ich bei Wikipedia, seine Karriere vor einigen Jahren abrupt während eines »besonders anspruchsvollen Konzerts in der Berliner Philharmonie« *(Tagesspiegel)* beendet, als er während seines

Vortrags den Klavierdeckel zuschlug und den Saal verließ.« Der Eintrag verrät nicht, warum das passierte, auch nicht, was aus ihm wurde. Ein spektakuläres Ende, der Teil eines Films oder Romans sein könnte. Seltsame Geschichte.

Der Transport von Hamburg nach Aix-en-Provence – es waren etwa zweihundert Bilder unterschiedlicher Größe und fünf oder sechs Mappen mit Zeichnungen und Skizzen – kostete ein Vermögen. Dabei überschritten die Frachtkosten den Wert der Bilder wohl um ein Vielfaches. Wie schon für die Überfahrt von Amerika nach Deutschland übernahm Franks Vater auch diese Ausgaben. Seinen Plan, uns eines Tages in Frankreich zu besuchen und sich die Hinterlassenschaft seines Sohnes anzusehen, verwirklichte er nicht; vielleicht hatte er schon immer an der Begabung seines Sohnes gezweifelt und wollte diese Befürchtung nicht bestätigt sehen. Dass Frank mich als Nachlassverwalter eingesetzt hatte – dem nach dem Tod seines Vaters die Bilder endgültig gehören würden –, begrüßte er nicht zuletzt deshalb, weil er selbst keine Möglichkeit hatte, sie irgendwo zu lagern.

Nach der Beerdigung war ich erst einmal mit dem Umzug nach Aix beschäftigt, wo uns umfassende Renovierungsarbeiten erwarteten. Nachdem Marie-Noëlle nach der Pensionierung ihres Vaters, dessen Gärtnerei sie nun übernommen hatte, über genügend Geld verfügte, konnten wir die Umbauten in Auftrag geben. Doch musste alles überlegt, geplant und organisiert werden. Da Marie-Noëlle den ganzen Tag im Büro und in den Treibhäusern mit Angestellten, Zulieferern und Kunden beschäftigt war, fiel diese Aufgabe mir zu, was den Vorteil hatte, dass sich meine Französischkenntnisse innerhalb kurzer Zeit deutlich verbesserten. Ich war einfach gezwungen, Französisch zu sprechen, was dazu beitrug, meine internationale Karriere zu befördern, die in Frankreich begann und mich schließlich nach Hollywood führte – die Protagonistin des ersten Films, den ich in Frankreich drehte, war Marthe Keller, mit der ich freundschaftlich verbunden blieb.

Eines Tages würde ich sicher Zeit haben, mich eingehend mit Franks Bildern zu beschäftigen, jetzt ging es erst einmal darum, einen Raum zu finden, der für die Aufbewahrung geeignet war. Nachdem wir uns davon überzeugt hatten, dass das Gebäude wetterfest war, brachten wir Franks Werke in einer Remise am Rand unseres drei Hektar großen Grundstücks unter, die versteckt in einem kleinen Pinienhain stand.

Frank war und blieb ein Künstler ohne Namen. Niemand außer mir, seinem Vater, Marie-Noëlle und den mir unbekannten New Yorker Freunden wusste von seinen Bildern, und selbst ich kannte sie nur oberflächlich. Ich hatte nach ihrer Ankunft nur einen kleinen Teil davon ausgepackt, weil ich mir sagte, dass sie in ihrer Verpackung vor Staub und Temperaturschwankungen am besten geschützt seien; heute wüsste ich, dass man sorgfältiger damit umgehen müsste, damals war mir nichts vom Säuregehalt gewöhnlichen Packpapiers bekannt, das den Bildern Schaden zufügen konnte. Ich wunderte mich, wie farbig sie im Gegensatz zu den Zeichnungen waren, die er im Krankenhaus gemacht hatte, aber nie war ich neugierig genug, der Sache auf den Grund zu gehen.

Niemand interessierte sich dafür, auch ich nicht. Nie fühlte ich mich gedrängt, den kleinen Spaziergang dorthin zu machen, wo sein Lebenswerk darauf wartete, entdeckt zu werden, wenn von niemandem sonst, dann zumindest von mir. Doch nicht einmal in unserem Haus, wo wir jede Menge Bilder hätten aufhängen können – Wände und Platz waren im Überfluss vorhanden –, hing etwas von Frank.

So vergingen Jahre, Jahrzehnte, in denen ich mich nicht aufraffen konnte, zur Remise hinüberzugehen, sie aufzuschließen und mir endlich ein umfassendes Bild davon zu machen, welche Art Künstler mein Jugendfreund gewesen war, den ich fast in den Tod begleitet hatte. Ich tat nichts. Der Schuppen blieb verschlossen, dessen Inhalt unbekannt.

Wenn unsere Kinder Jerôme und Fabrice fragten, was sich darin befand, sagten wir, es handle sich um alte Sachen aus Deutschland, »Hinterlassenschaften«, ein Wort, über das sie lachen mussten, wie über die meisten deutschen Worte, die sie hörten, aber nicht verstanden. Das bisschen Deutsch, das sie beherrschten, reichte kaum für Small Talk mit meinem Vater. Da sich die beiden so wenig für meine Vergangenheit interessierten, ließen sie es dabei bewenden.

ZWEITER TEIL

I

Nicht auszudenken, was Sie dabei empfinden, wenn Sie eines Morgens beim Aufwachen feststellen, dass dreißig Jahre vergangen sind, in denen Sie offenbar geschlafen haben. So könnte ein Roman beginnen. Aber das hier ist kein Roman.

Der Flug von Los Angeles, wo wir zwei Tage zuvor, am 6. Februar, einen Film abgedreht hatten, war mehr als pünktlich, nämlich eine halbe Stunde zu früh am 8. Februar in Frankfurt gelandet, was nichts daran änderte, dass ich übermüdet und gereizt war – wie so oft nach einer beendeten Arbeit, die viel Konzentration und Kraft von mir gefordert hatte.

Es war kurz nach acht. Die Morgendämmerung hatte bereits eingesetzt. Ich wartete beim Gate auf meinen Anschlussflug nach Marseille, weitab wurde mein Gepäck verladen, mit etwas Glück würde es gemeinsam mit mir sein Ziel erreichen.

Ich saß da und wartete und sah in die Zeitung und

nickte ein und wachte wieder auf, und dann fragte ich mich, ob ich die Vergangenheit verschlafen hatte.

Auf meinem Schoß lag die druckfrische Zeitung, die ich aus Langeweile gekauft, aber noch nicht aufgeschlagen hatte. Noch halb im Schlaf, begann ich, darin zu blättern, bis mein Blick auf eine Doppelseite fiel. Als flammte ein Luxx-Scheinwerfer auf, war ich nunmehr hellwach.

Für einige Sekunden war ich mir nicht sicher, ob die Erfolge und Niederlagen, die kleinen und großen Ereignisse, die Geburten und Tode, das nähere (familiäre) und das fernere (politische) Geschehen, Kriege und Naturkatastrophen, das Wichtige und Unwichtige eines inzwischen rund sechzigjährigen Lebens je stattgefunden hatten oder ob sie nur Teil meines Schlafs, meiner Träume, bloß Fiktion gewesen waren.

Dass es sich um ein deutschsprachiges Blatt handelte, war Zufall, für gewöhnlich kaufe ich auf Flughäfen französische Zeitungen, aber die, die um diese Zeit auslagen, waren Ausgaben vom Vortag gewesen. Wer weiß, wie viel Zeit vergangen wäre, bevor ich erfahren hätte, was ich erfuhr, hätte ich an diesem Morgen nicht zufälligerweise diese mir bislang unbekannte Berliner Zeitung gekauft; vielleicht Wochen, womöglich Monate. Vielleicht hätte ich es nie erfahren – mein Interesse für Vorgänge auf dem Kunstmarkt ist nie besonders groß gewesen; außer Jeff Koons, Damien Hirst und Banksy kenne ich kaum zeitgenössische Namen, oder ich schnappe sie auf und vergesse sie wieder.

Als ich aufwachte, blickte ich auf Fotos von Franks Bildern, um genau zu sein: auf zwei Bilder und eine Zeichnung. Ich war sicher, dass es sich um eine der Zeichnungen handelte, die er im Berliner Krankenhaus gemacht hatte. Bei den beiden anderen Bildern handelte es sich um Leinwände. Die beiden Werke, die die Hälfte der Zeitungsseite einnahmen, waren am unteren Rand signiert. Franks F war unübersehbar und nicht zu verkennen. Mit diesem auftrumpfenden einsamen F hatte er auch seine Briefe unterschrieben. Ich erkannte Franks Art zu malen, ohne mich an die abgebildeten Werke zu erinnern.

Es waren Franks Bilder aus meinem Schuppen, die in Berlin hingen. Name und Adresse der Galerie wurden sowohl im Text als auch in einem Hinweis am Ende des Artikels aufgeführt. Eine »kleine Auswahl von vierunddreißig Werken« war an die Öffentlichkeit gelangt. Und die anderen Bilder? Der Künstler, so las ich, schütze sich vor der Öffentlichkeit durch Anonymität. Ein namenloser Unbekannter. Mein Blick irrte über das Papier, vom Text zu den Illustrationen und wieder zum Text, doch klarer wurde dadurch nichts. Es gelang mir nicht, den Artikel von Anfang bis Ende in Ruhe zu lesen. Das ist nicht möglich, dachte ich immer wieder. Wo sind die Bilder? Die Bilder sind bei mir. Doch die Antwort, die mir aus der Zeitung entgegenschlug, lautete: Die Bilder sind in Berlin.

Frank war im August 1993 gestorben, jetzt war der 8. Februar 2020, ein Samstag. Fast dreißig Jahre waren seit seinem Tod vergangen. Niemand außer mir erinnerte sich an ihn, und auch ich hatte in den letzten Jahren nicht oft an ihn gedacht, am ehesten noch, wenn ich an der Remise vorbeijoggte, was selten genug vorkam, weil ich meist einen anderen Weg außerhalb unseres Grundstücks nahm. Ich war fassungslos. Was konnte ich tun?

Franks Bilder, die sich eigentlich auf meinem Grundstück befinden sollten, waren also in einer Berliner Galerie ausgestellt, »und unverhofft sind wir zurück in der funkelnden Wunderkammer der Malerei, in der sich ein Bogen spannt von den flämischen Primitiven in die unmittelbare Gegenwart. Ein frischer Wind weht durch den modernen Diskurs, als feierte die Malerei eben erst ihren Einstand; die unbekannte Künstlerperson – ob Mann oder Frau bleibt (noch) im Dunkel – weiß vieles, was sie uns mit geübter Hand, ohne Belehrung, näherbringt. Zwar wissen wir nicht, um wen es sich bei F handelt, und vielleicht werden wir es nie erfahren, doch spielt das bei so viel Zeitlosigkeit auch gar keine Rolle. Die Welt erklärt sich auf Fs exponierten Bildern wie seit Langem nicht mehr durch Farbe. Diese

Kunst ist Rückbesinnung und Fortschritt im Sinn eines beharrlichen und unbeirrten Voranschreitens. Hier zählen Motiv und Farbigkeit, Dichte und Durchlässigkeit. Hier sieht ein Künstler die Welt als Fragment und Ganzes.«

So also sah die Welt Franks Werke mit neuen Augen.

Ich hatte allen Grund, verwirrt zu sein, mir war, als sei ich für einen Augenblick aus der Zeit gefallen. Ich war auf dem Frankfurter Flughafen. Ich hatte eine Berliner Zeitung aufgeschlagen. Mein Blick irrte weiter hin und her, von der Schrift zu den Bildern, von der Gegenwart in die Vergangenheit. Berlin – Aix. F – mein Jugendfreund Frank.

Drei Werke von Frank, kein Wort über Frank. Es existierten die Bilder, er selbst existierte nicht.

Ich rief Marie-Noëlle an, die ich aus dem Tiefschlaf riss. Verständlicherweise begriff sie zunächst überhaupt nicht, worum es ging und was ich meinte. Nachdem ich es ihr ein zweites Mal ausführlicher und langsamer erklärt hatte, versprach sie, nach dem Frühstück zur Remise zu gehen und nachzusehen. Ich unterbrach sie: »Nein, jetzt sofort. Ich muss es wissen. Das kann nicht warten.«

Eine unserer typischen Streitereien wäre entbrannt – die sich meist daran entzündeten, dass die Dringlichkeiten des einen nicht mit jenen des anderen übereinstimmten –, wenn es diesmal nicht um etwas Wichtigeres gegangen wäre, wichtig für beide, denn immerhin war unser Grundstück betroffen – und damit unsere Sicherheit. Dennoch rechnete ich nicht damit, vor dem Abflug von ihr zu hören.

Doch ich täuschte mich. Meine Nachricht – ich hatte ihr inzwischen auch ein Foto des Artikels über die Ausstellung geschickt – hatte ihr offenkundig das letzte bisschen Schlaf geraubt und sie noch im Schlafanzug zu der Remise getrieben.

Nach zwanzig Minuten rief sie mich wieder an. Sie war hellwach und außer sich. Ja, es stimmte.

Zunächst wirkte alles normal und unverändert, berichtete sie, die Tür schien geschlossen, es waren – von Weitem – keine Spuren von Gewaltanwendung zu erkennen, flüchtig betrachtet ließ nichts darauf schließen, dass ein Delikt vorlag. Dass das Vorhängeschloss nicht eingeschnappt war, bemerkte sie erst, als sie danach griff und die Kombination einstellen wollte, die neben dem Schlüsselbrett auf einer alten Schiefertafel notiert war und die sie fotografiert hatte, bevor sie das Haus verließ. Das Schloss war gewaltsam aufgebrochen worden, was für einen Profi vermutlich leicht zu bewerkstelligen war. Nachdem sie es ausgehängt hatte, öffnete sie die Tür. Sie schwang mit Leichtigkeit auf. Im Inneren roch es nach Staub. Marie-Noëlle hatte diesen Ort nicht mehr betreten, seit die Transporteure ihre Fracht ausgeladen hatten.

Der Raum war bis auf einen alten Besen, einen Blecheimer, ein Paar Holzschuhe, eine beschädigte Leiter, zwei wurmstichige Stühle und ein paar alte Lappen leer. Es änderte nichts daran, den Fensterladen zu öffnen, was nur mit Mühe gelang, da der verrostete Griff klemmte. Die Helligkeit bot dasselbe Bild: Der Schuppen war leer. Franks Bilder waren verschwunden. Der Nachlass war weg. Nichts mehr war da außer wertlosem Zeug.

Frank war als *Noname* gestorben, nun war er auf wundersame Weise auferstanden. *Absurd, unmöglich, unerklärlich* waren die Worte, die mir während des Flugs nicht aus dem Kopf gingen, mal auf Deutsch, öfter auf Französisch, auch auf Englisch. Aber die bunte Vielfalt half nicht, mich von der Vorstellung abzulenken, dass etwas gegen Franks Willen geschehen war und auch gegen meinen, ich hatte doch so etwas wie die Verantwortung für seine Sachen übernommen. Man hatte uns etwas angetan.

Kaum hatte die Maschine abgehoben, bereute ich, nicht überlegter gehandelt und gleich nach Berlin umgebucht zu haben, von Frankfurt aus wäre das ein Katzensprung gewesen. Stattdessen machte ich den Umweg über Aix.

Ich saß im vorderen Teil des Fliegers, beobachtete die einstudierten Handgriffe der Angestellten der Airline (drei Frauen, ein Mann), stopfte eines der zwei warmen, wattigen Croissants in mich hinein und trank Kaffee.

Ich musste mit einem Anwalt sprechen. Ich musste den Galeristen anrufen. Und dann musste ich so bald wie möglich nach Berlin fliegen (ich hatte Zeit, der nächste Film war erst für Mai geplant). Ich musste mir einen Überblick verschaffen. Ich musste die leere Remise mit eigenen Augen sehen. Ich musste wissen, was da vorging. Es war also richtig, zuerst nach Hause zu fliegen und erst später nach Berlin.

Als ich an mir hinuntersah, bemerkte ich, dass ich das zweite Croissant in meiner Linken zu einer kleinen festen Kugel zusammengepresst hatte. Ich atmete aus. Ich versuchte mich zu beruhigen. Ich stopfte das malträtierte Brot in den Pappbecher, wo es sich allmählich auflöste.

Ich war maßlos irritiert, was sonst nicht meine Art ist, denn normalerweise habe ich mich unter Kontrolle – vermutlich eine der positiven Auswirkungen meines Berufs auf mein Innenleben (einer muss auf dem Set schließlich die Ruhe bewahren, und das ist nur selten der Regisseur). Erst allmählich wurde mir klar, woher meine Verunsicherung rührte: Mich hatte eine Traurigkeit erfasst, die ich nicht in den Griff bekam, nicht hier im Flugzeug jedenfalls. Wie hatte ich nur all die Jahre leben können, ohne Frank so zu vermissen wie jetzt?

Diese Nostalgie, die alle Unbeschwertheit, die ich beim Abflug aus Los Angeles empfunden hatte, zunichtemachte, glich nicht dem Kummer über den Verlust eines kürzlich verstorbenen Freundes, mit dem man eben noch nichtsahnend einen letzten angenehmen Abend verbracht hatte. Unter meinen Füßen tat sich ein Abgrund auf, wie man sagt; es war nur eine Frage weniger Sekunden, bis ich unten aufschlug. Aber natürlich geschah nichts dergleichen, es blieb jedoch die starke Empfindung von Leere.

Ich hätte ihm Fragen stellen wollen, die nur er mir beantworten konnte. Ich hätte ihm von meinem Leben, von meinen Erfolgen und Niederlagen (beruflicher und persönlicher Natur) berichten wollen, einfach von allem. Wer sonst als er würde mir zuhören, ohne sich grenzenlos zu langweilen? Mir wurde klar, dass keine Freundschaft je so eng gewesen war wie unsere. Ich hatte keinen anderen Bruder gehabt.

Ich suchte einen Toten. Ich vermisste ihn mehr, als ich ihn je zuvor vermisst hatte. Während ich im Flugzeug saß, glaubte ich ihn neben mir zu spüren, zu hören, seine Hand, seinen Arm, seine Stimme.

Ich wurde die Vorstellung nicht los, dass ich Frank in Berlin wiedersehen würde, dass er sich dort zwischen den Bildern bewegte wie der distanzierte Zuschauer seiner eigenen Wiedergeburt. Das Bedürfnis, ihm von all dem zu erzählen, was ich seit seinem Tod erlebt hatte, wuchs, aber auch das Gefühl der Aussichtslosigkeit. Ich brauchte einen Toten, der mir Antworten gab, das war natürlich verrückt.

Ich hoffte, in der Remise irgendeinen Hinweis zu finden, den Marie-Noëlle in der Hast übersehen hatte, etwas, was mich auf die Spur des Einbrechers führen würde. Danach wollte ich so schnell wie möglich nach Berlin fliegen, spätestens am Montag oder Dienstag.

Wir hatten uns nie um einen besonderen Schutz unseres Grundstücks bemüht, und das nicht etwa aus Trägheit. Dass die kaum anderthalb Meter hohe Trockenmauer, die es umgab und die an vielen Stellen beschädigt war, nur eine beschränkte Sicherheit gegen Eindringlinge bot, war uns ebenso bewusst wie die Tatsache, dass es keine Garantie gegen Störenfriede gab, solange man keinen unüberwindbaren Eisenzaun hochzog. Doch der hätte nicht nur Fremden die Sicht auf unser Grundstück, sondern auch uns den Blick auf das weite Land bis zu den Alpillen verwehrt: Die Sicht Cézannes, wie Marie-Noëlle es nannte. Ein solcher Sicherheitsschutz kam nicht infrage, die gut erkennbare Alarmanlage genügte unseren Ansprüchen. Bislang jedenfalls hatten wir keinen Grund gehabt, deren abschreckende Wirkung anzuzweifeln. Niemals hätte ich mir träumen lassen, dass sich jemand für die Bilder eines längst verstorbenen, unbekannten Malers aus Deutschland interessierte, zumal man davon ausgehen konnte, dass es im Hauptgebäude wertvollere Dinge gab als in einem unscheinbaren Holzschuppen. Im Gegensatz zum Haupthaus wirkte die Remise nicht so, als ob man dort auf Schätze stoßen könnte. Aber vielleicht hatte das Interesse des Einbrechers ja gar nicht den Bildern gegolten. Wem dann? Und wenn doch: Woher wusste er von deren Existenz?

Franks Bilder hatten keinen Marktwert. Was niemand kannte, konnte unmöglich der Anlass eines gezielten Einbruchs sein.

Ich hatte den Schuppen zum letzten Mal Anfang November betreten, als ich sichergehen wollte, dass keine Feuchtigkeit eingedrungen war, nachdem in den Tagen zuvor Unmengen Regen gefallen waren. Doch meine Befürchtungen erwiesen sich als unbegründet: Der Raum war nicht feuchter als unser Weinkeller, und er roch auch nicht entfernt nach Schimmel oder Fäulnis. Da die Bilder leicht erhöht auf Paletten standen, konnte die Luft zirkulieren; ich redete mir ein, dass hier konservatorische Umsicht waltete.

Ich hatte flüchtig ein paar Bilder betastet, sie waren trocken. Aber ich hatte keines herausgezogen, keine Verpackung entfernt, um sie genauer zu begutachten. Jetzt, da ich mit leeren Händen dastand, bedauerte ich es. Drei Monate waren seither vergangen. Ich machte mir Vorwürfe.

Ich würde mich nach jemandem umhören, der etwas von Kunst verstand. Ich würde mich danach erkundigen, ob die Bilder wirklich so sensationell waren, wie in dem

Zeitungsartikel behauptet wurde. Mir fiel die Kunstkritikerin ein, mit der Marie-Noëlle befreundet war. Sie wohnte in Paris und bestellte jedes Jahr zu Ostern und Weihnachten für über hundert Euro Blumen für ihre Eltern, die hier lebten. Ich kannte so viele Menschen, die von Dingen etwas verstanden, von denen ich keine Ahnung hatte, aber nie hatte ich mit irgendjemandem über Frank und Franks Nachlass gesprochen, nie hatte ich das Bedürfnis verspürt, einen unserer zahlreichen Gäste in die Remise zu führen, um ihm zu zeigen, was sich eines Tages womöglich als Schatz herausstellen würde. Wie hatte ich ihn so verraten können?

Ich hätte von den Bildern Fotos machen sollen. Zumindest ansatzweise so etwas wie ein Inventar anzufertigen, wäre kein allzu großer Aufwand gewesen, ein, zwei Wochen Arbeit vielleicht, die zu erledigen ich zwischen meinen Drehs jede Menge Zeit gehabt hätte. Jetzt, da die Bilder verschwunden und tausendfünfhundert Kilometer entfernt wieder aufgetaucht waren, erschien mir mein Versäumnis unentschuldbar. Ich hatte keine Ahnung, wo sich der Beleg befand, der bewies, dass die Bilder mir gehörten. Wie sollte ich als rechtmäßiger Besitzer auftreten, wenn ich nichts Schriftliches vorlegen konnte? Die schriftliche Verfügung, die als Beweis meiner Eigentümerschaft hätte dienen können, hatte ich längst verlegt. Es würde Tage in Anspruch nehmen, danach zu suchen, und ich bezweifelte, dass ich sie finden würde. Ich erinnerte mich weder an den Wortlaut des Papiers noch an dessen Aussehen, ich wusste überhaupt nicht, wo ich mit meiner Suche anfangen sollte.

Wenn es dennoch etwas gab, was mich während des Flugs von Frankfurt nach Hause mit einer Art Hoffnung erfüllte, war es die Vorstellung, was ich nach meiner Ankunft alles unternehmen würde, um so viel wie möglich in Erfahrung zu bringen.

Als ich zu Hause war, begab ich mich unverzüglich zur Remise. Marie-Noëlle hatte die Tür und das Fenster sperrangelweit offen gelassen. Es gab hier nichts mehr zu klauen. Der Raum war leer.

Ich sah nicht mehr als das, wovon sie gesprochen hatte, wobei ich mich fragte, woher die Holzschuhe kamen; sie waren mit schwarzen Flecken übersät, ansonsten aber intakt, sicher standen sie schon seit Jahrzehnten herum, sie mussten mir damals, als ich Franks Bilder hier untergebracht hatte, entgangen sein. Auch in dieser Gegend hatte die Landbevölkerung früher Holzschuhe getragen, die hielten ein Leben lang.

Nachdem ich jeden Zentimeter im Inneren des Schuppens und an den Wänden inklusive der Fensterleibung in Augenschein genommen hatte, ohne irgendetwas außer Spinnweben, Staub und Mäusedreck zu entdecken, trat ich wieder ins Freie und ging, den Blick fest zu Boden gerichtet, mehrmals um das Gebäude herum, indem ich immer weitere Kreise zog. Noch wuchs kein frisches Gras, doch duftete es nach Rosmarin und Thymian. Die kurze Zeit des frischen Grüns und die lange Zeit der Dürre lagen noch vor uns. All das war mir längst vertraut. Auch hier nichts Außergewöhnliches, bis ich im Gras ein rotes Seidenband entdeckte, dessen Herkunft ich mir nicht erklären konnte. Es war einfach ein Stück Stoff ohne erkennbare Funktion. Möglich, aber nicht sehr wahrscheinlich, dass es Marie-Noëlle gehörte. Wenn ich es bislang nicht an ihr bemerkt hatte, hieß das bloß, dass ich vielem, was sie betraf, keine Beachtung mehr schenkte, seit wir uns »auseinandergelebt« hatten. Möglich, dass es vom Mistral hergeweht worden war. Als ich es aufhob, wurde mir klar, dass es Teil eines größeren Ganzen gewesen war, an einem Ende war es zerrissen.

Marie-Noëlle hatte den ersten Schock überwunden. Dass man die Remise aufgebrochen und ausgeräumt hatte, ging ihr vermutlich näher als die Tatsache, dass die Bilder nicht mehr da waren. Unsere Empfindungen gingen auch in dieser Sache getrennte Wege.

Marie-Noëlle und ich begrüßten uns kurz in der Halle. Ich hatte Zeit, einen Flug zu buchen, ein Hotelzimmer in Berlin zu reservieren und nachzudenken.

Natürlich war mir der Gedanke gekommen, die Polizei zu rufen, doch ich hatte ihn fast augenblicklich verworfen. Selbst wenn die Beamten irgendwelche Spuren – was für Spuren? Reifenspuren? Abdrücke von Sohlen? Niedergetrampeltes Gras? – finden sollten, würden sie nichts anderes damit anfangen können, als bürokratischen Aufwand zu betreiben. Seit dem Einbruch hatten Wind und Regen bestimmt sämtliche Spuren verwischt.

Ich legte mich aufs Bett und schlief auf der Stelle ein. Ich war vierundzwanzig Stunden wach gewesen. Es war Zeit, sich von der Reise, dem Schock und den unbeantworteten Fragen zu erholen. Ich träumte nicht. Ich erhielt also auch im Schlaf keine Antworten, wie es sonst manchmal der Fall war, wenn ich mir etwa über die Bildabfolge einer bestimmten Szene klar werden wollte; sie ließen sich nur im Zustand absoluter Ruhe und Zurückhaltung erzwingen. Als ich gegen Abend aufwachte, war ich beinahe erholt.

Marie-Noëlle und ich hatten verabredet, an diesem Abend gemeinsam zu essen; neutralisierende Dritte würden nicht anwesend sein. Wir wollten auswärts speisen, wo das Gebiet weniger vermint war als in unserem Wohnzimmer, in dem wir uns für gewöhnlich nicht einmal über den Wein einigen konnten.

Das Essen verlief zunächst friedlicher, als ich es vermutet hatte. Während wir auf die Vorspeise warteten und das erste Glas Wein tranken, sprachen wir über unsere Söhne, ein Thema, das kaum Angriffsflächen bot, solange wir deren Freundinnen aus dem Spiel ließen. Sie informierte mich über Jerômes Studium und Fabrices erste Karriereschritte, was nicht nötig war, da ich das alles von ihnen selbst wusste; ich hatte regelmäßig Kontakt. Marie-Noëlle und ich hingegen hatten seit meinem Abflug nach Los Angeles nur selten miteinander telefoniert, stets ging es um praktische Dinge.

Ich erzählte in wenigen Worten von den vergangenen sechs Wochen in L. A., von meiner Arbeit, aber nicht von den Schauspielern, deren Namen sie durchweg nicht kannte, was ich stets als Desinteresse gegenüber meiner Arbeit empfunden hatte. Fürs Kino interessierte sie sich seit Jahren nicht mehr; und ich fragte mich, ob ihr einstiges Interesse nicht einfach geheuchelt war, um mir zu gefallen. Indem ich mit zwei Sätzen über die Dreharbeiten hinwegging und es vorzog, ihr das großzügige Apartment zu schildern, das man mir zur Verfügung gestellt hatte, bot ich ihr keine Gelegenheit, mir ihre Gleichgültigkeit demonstrieren zu müssen, denn für fremde Innenausstattungen interessierte sie sich eigentlich immer, für elegante ebenso wie für abscheuliche; beide boten Stoff für unverfängliche Gespräche. Im Gegenzug sprachen wir nicht über die ihrer Ansicht nach durchweg unfähigen (weiblichen) Angestellten und begriffsstutzigen Stammkunden. Pflanzen, Gartenmöbel etc. verkauften sich so gut, dass man darüber nicht unbedingt reden musste.

Es war unumgänglich, dass wir auf Frank zu sprechen kamen, und für ein paar entspannte Minuten konnte ich mich der Vorstellung hingeben, Marie-Noëlle und ich seien wieder jung und verliebt und hätten das Leben vor uns, was sicher auch darauf zurückzuführen war, dass wir die erste Flasche Rosé recht zügig ausgetrunken hatten.

Marie-Noëlle wollte wissen, ob ich vorhätte, zur Polizei zu gehen und Anzeige zu erstatten. Ich verneinte, meinte aber, dass ich mit einem Anwalt sprechen wollte.

»Und was bringt das?«, fragte sie, und ich versuchte die leichte Feindseligkeit in ihrem Ton zu überhören.

»Mochtest du seine Bilder?«, fragte ich unvermittelt, während der Kellner uns die geeiste Vichyssoise mit warmen Garnelen servierte; ich wusste ja, dass sie Franks Bilder nicht kannte.

Sie überraschte mich: »Ja, ich mochte sie.«

»Aber du kanntest sie doch gar nicht.«

»Doch.«

»Woher?«

»Woher wohl? Dieser Schuppen ist schließlich nicht dein Privateigentum«, gab sie zurück, und plötzlich war die Höhere-Tochter-Ironie wieder da, die ich nur schwer ertrug. Dass sie mich früher damit amüsiert hatte, war mir längst unbegreiflich. Der Kellner hatte sich entfernt. Ich griff nach dem Glas, die Flasche war leer. Ich rief nach dem Kellner.

»Du hast dir die Bilder angesehen?«

»Ein paar ja, schon vor Jahren.«

»Und warum hast du mir das nie erzählt?«

Sie blickte mich an und zuckte die Achseln. An ihr war eine Schauspielerin verloren gegangen, dachte ich, dabei wusste ich, dass sich Schauspielerinnen einfach am Verhalten von Frauen wie Marie-Noëlle orientierten, um glaubwürdig zu erscheinen. Die Kunst bestand darin, die Realität zu kopieren.

Der Kellner kam. Wir bestellten eine zweite Flasche.

»Und wie fandest du die Bilder?«

»Interessant. Als wären sie im Lauf der Zeit über sich hinausgewachsen, was wirklich sehr merkwürdig war. Sie schienen mir plötzlich zeitlos.«

»So ähnlich beschreibt sie auch der Kunstkritiker in der Zeitung. Das Verrückte ist, dass ich mich kaum an sie erinnere, nur an die Zeichnungen, die er damals im Krankenhaus gemacht hat. An die erinnere ich mich ziemlich gut. Die waren ja eher düster, also bildete ich mir ein, auch die großen Bilder seien so. Das stimmt offenbar nicht. Es musste jemand einbrechen und sie klauen, damit sie an die Öffentlichkeit gelangten, das ist doch abwegig, oder?«

»Mist, ich habe den Mückenspray vergessen«, sagte sie, holte aus, hielt kurz inne und schlug sich mit der flachen Hand gezielt auf den rechten Unterarm.

»Verdammte Scheißmücken, es werden jedes Jahr mehr.«

»Um diese Jahreszeit gibt es keine Mücken.«

Sie sah mich an, als sei ich nicht bei Trost, ging aber nicht auf meinen Einwand ein, sondern wischte etwas von ihrem Arm, was bestimmt kein Insekt war, wenn da überhaupt etwas war.

Von Mücken geplagt zu werden, war eine fixe Idee Marie-Noëlles; in unserem Haus sorgten in sämtlichen Steckdosen Mückenstecker für Tod und Verderben.

Der Kellner brachte die zweite Flasche. Wir warteten, bis er sie geöffnet und unsere Gläser sparsam gefüllt hatte. Kaum war er weg, schenkte ich uns beiden nach.

»Und warum nicht zur Polizei, aber zu einem Anwalt, der bloß kostet und auch nichts bringt?«, fragte sie.

»Weil ich nichts in der Hand habe, das beweist, dass die Bilder bei uns waren, nicht mal die Speditionsbelege, das ist alles viel zu lange her. Ein Anwalt hat vielleicht eine Idee, wie ich vorgehen könnte. Was weiß ich, ich habe doch auch keine Ahnung. Es war ein Fehler, nichts für Franks Bilder unternommen zu haben.«

»Es war dein Fehler«, korrigierte sie mich.

Ich kramte in meiner Hosentasche nach dem Seidenband und legte es zwischen uns.

»Gehört das dir?«

Sie nahm den abgerissenen roten Stofffetzen in die Hand, betrachtete ihn kurz und sagte dann: »Nicht, dass ich wüsste. Was ist das? Bedeutet es irgendetwas?»

»Es lag in der Nähe der Remise, etwa hundert Meter weiter weg.«

Sie schüttelte den Kopf.

»Ja und? Was soll ich damit?«

»Gehört es dir? Gehört es irgendjemandem, den wir kennen?«

»Keine Ahnung. Wen kennen wir denn, der so was trägt? Ich wüsste nicht, zu wem oder was das passen könnte. Ein Hutband? Ich trage keine Hüte.«

»Ist es nicht ein Halstuch? Zumindest ein Stück Halstuch.«

»Vielleicht. Vielleicht das, vielleicht was anderes. Was soll das? Denkst du, es ist ein Beweisstück? Vielleicht solltest du damit doch zur Polizei gehen.«

»Was soll die Polizei mehr wissen als du oder ich? Wir kennen uns hier am besten aus.«

Der Kellner brachte mein Cassoulet, das zur Jahreszeit passte und das ich niemals woanders als auswärts esse. Es war leicht versalzen, aber nicht so, dass man es zurückgehen lassen musste. Marie-Noëlle hatte Lachs bestellt. Der schien richtig gewürzt und durch zu sein, jedenfalls beschwerte sie sich nicht (sie hasst rohen Fisch). Hätte ich mein Essen zurückgehen lassen, wäre unser gemeinsamer Abend noch asymmetrischer verlaufen, als dies schon jetzt der Fall war; das wollte ich vermeiden.

»Du kanntest die Bilder besser als ich, oder nicht?

Du hast mir nie etwas davon gesagt.« Ich überlegte, ich machte eine Pause. »Was sagt mir das? Was bedeutet es?«

»Keine Ahnung, was es dir sagt. Es bedeutet vermutlich bloß, dass ich neugierig und verschwiegen bin.«

»Oder dass du die Bilder aus dem Schuppen geholt und auf den Markt gebracht hast?«, sagte ich nach einer erneuten Pause. Es war lediglich ein Gedanke, der mir gerade durch den Kopf schoss, den ich mehr zu mir als zu ihr gesprochen hatte, den ich nicht hätte aussprechen sollen, aber nun war er formuliert und hatte die Wirkung, mit der ich hätte rechnen müssen.

Ihr blieb buchstäblich kurz die Luft weg. Sie starrte mich an. Sie legte das Besteck hin. Sie hob die Hand, als wollte sie mich schlagen, ließ sie aber wieder sinken. Dann lachte sie so laut, dass sich mehrere Gäste zu uns umdrehten.

»Du bist verrückt! Völlig verrückt. Dir hat Los Angeles nicht gutgetan, ist es das? Haben sie dich dort auf so verrückte Ideen gebracht? Na klar. Ich bin also eine Diebin und Hehlerin. Ich habe die Bilder heimlich aus der Remise geholt, während du weg warst, und sie nach Berlin geschafft und dort einen Galeristen gefunden, der Französisch spricht, damit wir uns überhaupt unterhalten können? Ich würde sagen: Du leidest unter Wahnvorstellungen.«

Statt mich zu entschuldigen, ließ ich nicht locker und

sagte, wenn auch unüberhörbar ironisch: »Du bist doch die geborene Geschäftsfrau«.

»Und du, was bist du? Der Wegschauer? Der Ignorant, der nur sieht, was das Objektiv hergibt? Du warst sein bester Freund, du hättest es besser machen müssen, aber du hast nichts getan, du hast das Zeug sich selbst überlassen. Du hast deinen Freund im Stich gelassen.«

»Ich fliege am Montag nach Berlin und werde mir die Bilder anschauen und versuchen, irgendetwas aus dem Galeristen herauszubekommen. Er muss doch etwas wissen.«

Während ich mich auf das Essen konzentrierte, schwieg ich, und nachdem wir eine Weile schweigend dagesessen hatten, sagte ich: »Das Schlimmste ist, dass ich seine Bilder nicht kannte. Warum haben wir sie nicht einfach im Haus aufgehängt? Zumindest ein paar.«

Marie-Noëlle antwortete nicht, sondern stocherte weiter in ihrem Teller herum.

Was würde die Polizei tun, sollte ich mich doch entschließen, dort vorstellig zu werden? Ich erinnerte mich daran, wie ich einige Jahre zuvor den Verlust meines Portemonnaies gemeldet und Anzeige gegen Unbekannt erstattet hatte, weil ich überzeugt war, dass es mir hier am helllichten Tag auf dem Markt irgendwo zwischen der Place de Verdun und der Place des prêcheurs gestohlen worden war. Es kam mir vor, als sei ein halber Tag verstrichen, als ich die Gendarmerie wieder verließ. Erst hatte ich lange warten müssen, bis ich an der Reihe war, dann hatte ich eine geschlagene Stunde damit zugebracht, dem Beamten beim stockenden Abfragen des vorgedruckten Formulars zuzuhören und ihm Antworten auf Fragen zu geben, von denen ich sicher war, dass sie absolut nichts zur Aufklärung des Diebstahls beitragen würden – und so war es dann auch gekommen: Die Brieftasche mit sämtlichen Kreditkarten kam nicht mehr zum Vorschein.

In Erinnerung blieb mir – was ich später nach Absprache mit dem Regisseur in einem Film unterbringen konnte – das rechteckige Stück Linoleum unter dem Schreibtisch, das von den Sohlen von Generationen einander ablösender *Flics* bis auf das Gewebe durchgewetzt war. Während der Beamte damit beschäftigt war, mit seinem altmodischen Computer zu kämpfen, der immer wieder die Eingabe seiner Informationen verweigerte, hatte ich Zeit gehabt, mich mit dem Verlust meines Portemonnaies abzufinden und mir die Schritte zu überlegen, die als Nächstes zu tun waren, damit mein Konto nicht geplündert wurde.

Die Vorstellung, einem wildfremden Vertreter des Gesetzes erklären zu müssen, dass sich – *Wann? – Irgendwann im Lauf der letzten Wochen oder Monate?* – ein Einbrecher Zugang zu einer nur schlecht gesicherten

Remise verschafft hatte, ohne dass ich oder meine Frau oder der Gärtner oder sonst jemand es bemerkt hatte – *Wann haben Sie es denn bemerkt und wie?* –, erschien mir so grotesk wie die Tatsache, aus einer zufällig auf einem deutschen Flughafen gekauften Zeitung zu erfahren, dass die Bilder, die ich in meiner Obhut glaubte, in Wahrheit in einer Berliner Galerie hingen.

Ich sah deutlich vor mir, wie mich der Beamte über den Rand seiner Brille hinweg mustern würde, ohne mir ins Gesicht zu sagen, dass er bei aller Hochachtung – ich hatte mit Film zu tun, das respektiert man hierzulande noch bis zu einem gewissen Grad – die ganze Geschichte höchst merkwürdig finde, bevor er mich dann vorschriftsmäßig nach dem ungefähren Wert der gestohlenen Bilder befragte; den ich ihm nicht nennen konnte, weil sie bis vor Kurzem keinen Wert gehabt hatten; ich wusste ja nicht einmal, wie viele ich genau gelagert hatte, wie viele also verschwunden waren, ich hatte sie nie gezählt, waren es hundertachtzig, zweihundert oder zweihundertzehn? Also würde ich zweihundert sagen, weil mir diese Zahl irgendwie plausibel erschien. Würde ich selbst nicht als Hochstapler oder Betrüger dastehen, wenn ich mich in Widersprüche verstrickte? Nun ja, wer ich war, konnte ich immerhin belegen.

Ich würde auch verneinen müssen, wenn er mich fragte, ob ich vielleicht im Besitz einer Liste der vermissten Werke sei. *Noch besser wäre es natürlich, wenn*

Sie Fotos davon hätten, haben Sie Fotos? Nein, auch damit konnte ich nicht dienen. Er hatte nur mein Ehrenwort und hoffentlich einen seriösen Eindruck von mir. Der Maler sei mein Freund gewesen, er starb als junger Mann (ich würde nicht sagen woran), wir waren zusammen in Deutschland aufgewachsen. *Ach, Sie sind Deutscher, das hört man aber nicht.* Man hatte mir das hier so oft gesagt, dass ich es nicht mehr hören konnte, zumal ich wusste, dass man genau das von mir erwartete: perfektes Französisch. Natürlich würde er mich auch fragen, ob das gestohlene Gut versichert und wie hoch die Versicherungssumme sei. Und jetzt vermutete ich die Bilder also in Berlin? *Ich vermute nicht, ich weiß es.* Ich sah ihn grinsen, egal, wie er aussah, er grinste. *So eine Art van Gogh?* Sofern er Humor hatte. Nein, ich würde auf gar keinen Fall Anzeige erstatten, sondern die Sache persönlich in die Hand nehmen. Irgendwie. Keine Ahnung wie. Einen befreundeten Anwalt anzurufen und mich durch ihn beraten zu lassen, verschob ich auf später. Es war schon spät, ich wollte ihn nicht stören.

Nach dem Essen scrollte ich eine halbe Stunde lang durch die Homepage der Berliner Galerie Linie, Inhaber Reinhold von Finck, Sitz Linienstraße 117. Die Website verwies mit einer beschränkten Anzahl Abbildungen – stets nur drei pro Künstler – auf etwa vier Dutzend Ausstellungen, die in den vergangenen zehn

Jahren hier stattgefunden hatten. Lauter Namen, die ich nicht kannte, die aber – davon zeugten ihre Auftritte auf Kunstmessen und in Museen – offenbar sehr erfolgreich waren. Ich überflog stets von einordnendem Text begleitetes Gegenständliches, Abstraktes, Buntes, Düsteres, Karges, Differenziertes. Auch wenn keine bestimme Linie des Galeristen zu erkennen war, fiel doch die Professionalität sowohl der Galerie als auch der Künstler auf. Es gab in meinen Augen keine Ausreißer nach unten, alles war auf höchstem Niveau, die Kunst, das Marketing, die selbstbewusste Zurückhaltung. Ohne Zweifel hatte man es hier mit bedeutenden Persönlichkeiten und Werken zu tun. Dass die Art der Präsentation mustergültig war, verstand sich von selbst. Von Finck verstand sein Metier. Er wusste also, warum er ausgerechnet die Bilder eines Unbekannten ausgestellt hatte, »der es nicht bleiben wird, der seinen Weg machen wird, gleichgültig, ob wir seinen Namen, sein Geschlecht, sein Alter und seine Nationalität je erfahren werden. Die Malerei spricht deutlich genug ihre eigene Sprache, unverwechselbar, international, zeitlos.«

Auch von F waren lediglich drei Bilder reproduziert, und auch diese so klein, dass man sie nur mit technischem Verlust weiterverwenden konnte, beim Vergrößern wurden sie zusehends unschärfer. Auf einem dunkelblau grundierten Gemälde (70x100 cm) saßen drei Menschen an einem Tisch, auf dem ein mit Sauce übergossener Mensch auf dem Bauch lag, keine Frage, dass er verzehrt werden sollte, die Tischgesellschaft hielt Messer und Gabeln in den Händen und schien nach dem nackten Fleisch zu lechzen. Ich dachte natürlich sofort an Luis Buñuel. Das zweite (80 x 130 cm) zeigte ineinander geschobene Teile unterschiedlicher Landschaften, die von einer durchgehend düsteren grauen Hügelkette im oberen Hintergrund zusammengehalten wurden; im Vordergrund fuhren mehrere mikroskopisch kleine Bagger und Traktoren herum.

Das alles kam mir fremd und dabei sehr zeitgemäß vor, wirklich nicht so, als wäre es vor vier Jahrzehnten entstanden. Es war unmöglich, sich dem Sog dieser Bilder zu entziehen.

Ich kannte keines davon. Ich hatte, wie ich mir eingestehen musste, bislang überhaupt keine Vorstellung von Franks Schaffen gehabt, ich hatte mir nicht einmal eine Vorstellung davon gemacht, wie es sein könnte. Ich hatte die Fracht aus New York in Empfang genommen, als handelte es sich dabei um eine Lieferung Holz oder Backsteine, und sie vor den Augen der Welt versteckt. Geschah es mir nicht recht, dass ein Einbrecher die Arbeit übernommen hatte, die Bilder der Welt zurückzugeben?

Und dann das dritte Bild. Als ich mich dem Display näherte, um es genauer zu betrachten, zuckte ich regelrecht zurück. Was ich sah: einen Ganzkörperakt, stehend. Ein nackter junger Mann mit großem Penis. Breitbeinig stand er da. Eine Art Strahlenkranz umgab sein Haar, das darin verschmolz. Das war das eine, nichts Außergewöhnliches. Aber das war nicht alles. Der Junge onanierte. Und auch das war noch nicht alles. Es handelte sich nicht um irgendeinen nackten Mann, nicht um einen Gelegenheitsliebhaber oder ein Aktmodell aus der Akademie, nicht um ein abstraktes athletisches Ideal, nicht um eine Wunschvorstellung, sondern um mich.

Um mich! Um den, mit dem ich am wenigsten gerechnet hatte: Ich als junger Mensch, der weder Frank noch sonst jemandem je Modell gestanden hatte. Nie hatte Frank mich nackt gesehen und schon gar nicht in einer solchen Situation. Die Sache war zwischen uns geklärt, er hatte seine Vorlieben, ich hatte meine.

Unter dem Bild, ganz klein, kaum leserlich, der Titel: »YOU, BROTHER!«

Im Hintergrund hielten purpurne Vögel aus dem strahlend blauen Himmel bedrohlich auf den jungen Mann mit meinem Gesicht zu. Mir schossen Tränen in die Augen, aber warum? Was ich sah, war weder rührend noch wohltuend. Wegen des Titels?

Wer mich damals nicht gekannt hatte, würde mich nicht unbedingt wiedererkennen, und selbst wer mich gekannt hatte, hatte heute wohl vergessen, wie ich damals aussah; mir selbst kam es vor, als blickte ich in einen glasklaren Spiegel. Ich erkannte mich sofort als Halbwüchsigen.

Vermutlich hatte mich auch Marie-Noëlle erkannt, sie hatte kein Wort darüber verloren. Dass sie die Galerie nicht gegoogelt hatte und nicht, wie ich, auf dieses Bild gestoßen war, schien mir höchst unwahrscheinlich.

Das Bild war der unwiderlegbare Beweis für die Identität des Urhebers dieser Werke.

Wie nahe wir bereits damals am vorläufigen Ende allen öffentlichen Lebens waren, ahnte auch ich nicht, als ich am Montagabend die Maschine nach Berlin bestieg, obwohl ich bereits in Los Angeles von dem neuartigen Virus gehört hatte. Von China aus (oder von sonst woher, darüber würde man sich noch streiten) sollte es im Lauf weniger Wochen die ganze Welt infizieren. Etwa einen Monat nach meiner Rückkehr, am 15. März, wurden in Frankreich alle Restaurants auf unabsehbare Zeit geschlossen, und Reisen ins Ausland waren nicht mehr oder nur noch unter erschwerten Bedingungen möglich. Das Haus durfte man nun nicht mehr ohne außerordentliche Reisebescheinigung verlassen. Wer ohne dieses Papier erwischt wurde, musste mit einer Buße rechnen, an deren Höhe ich mich nicht erinnere, zumal ich niemanden kenne, der bestraft wurde; ich hörte lediglich von solchen Fällen. Aber noch war es nicht so weit. Solange man sich frei bewegen konnte, fühlte man sich auch sicher.

Gleich nach der Landung fuhr ich mit dem Taxi zum Hotel, checkte ein und aß danach im hauseigenen Restaurant asiatisch. Das Personal war freundlich und diskret wie in den USA, der Wein so gut wie zu Hause, die Musik dezent, die Stoffserviette gestärkt; neben den Stäbchen gab es auch normales Besteck; niemand wurde gezwungen, sich weltmännischer zu geben, als er war. Es handelte sich um eines dieser einander nicht nur architektonisch zum Verwechseln ähnlichen Berliner Hotels, beim Tiergarten gelegen, zu dessen perfekter Anonymität die gedämpften Farben passten, die – angenehm fürs Auge – zwischen Schwarz und Weiß changierten. Mehr Farbgebung außer ein paar Abweichungen in Holz und Stoffen hatte man sich nicht gestattet, man vertraute dem Licht, das die Räume sanft durchflutete. Draußen war es grau.

Ich wollte niemanden treffen, ich hatte mich mit niemandem verabredet, dabei kannte ich hier genug Leute, die mich gern gesehen hätten. Die Idee, mir das Krankenhaus, in dem Frank gestorben war, zumindest von außen anzuschauen, hatte ich gleich wieder verworfen. Die Vorstellung, die Fassade nach dem Fenster abzusuchen, hinter dem er damals gelegen hatte, war zu bedrückend. Fragen konnte ich niemanden. Vom Personal war bestimmt niemand mehr da.

Am nächsten Morgen – es war kühl und die Luft war feucht – nahm ich ein Taxi zur Linienstraße. Den Jetlag hatte ich schneller überwunden als gewohnt. Die Reise nach Berlin hatte mich rascher als sonst in die europäische Normalität zurückversetzt.

Ich hatte mir vorgenommen, mich nicht zu erkennen zu geben, sollte der Galerist anwesend sein, was an einem Montagmorgen unwahrscheinlich war.

Ich würde den Ort erkunden und die Bilder betrachten, als sei ich ein ganz normaler Besucher, der höchstens etwas länger blieb als andere. Ich hatte keinen Plan und erhoffte mir nichts – oder redete es mir ein. Ich würde mich treiben lassen. Ich wollte mir einen Eindruck verschaffen.

Es gelang mir, meine Unruhe zu unterdrücken. Im Taxi sitzend ließ ich die Häuserfronten an mir vorüberziehen: Stuck, kein Stuck, Stuck, dazwischen, darüber und darunter kleine Balkone, auf denen höchstens zwei Menschen Platz hatten, aber nie sah man dort jemanden stehen – das war mir schon bei früheren Besuchen aufgefallen. Berlin blieb mir wie immer verschlossen, ich kannte es ja kaum und hatte auch nie versucht, daran etwas zu ändern. Wenn ich hier arbeitete, konzentrierte ich mich auf die Drehorte, die nähere und weitere Umgebung hatte mich nie interessiert. Die Restaurants, in denen wir aßen, kannte ich bloß von innen, mehr brauchte ich nicht zu wissen. Ich ließ mich hinfahren und ging nur selten zu Fuß zum Hotel zurück. Nachts, wenn das Hässliche ausgeblendet war, gefiel mir die Stadt am besten.

Nur wenigen Bauwerken wie etwa der Siegessäule, der Philharmonie oder der Nationalgalerie konnte ich während der Fahrt einen Namen und eine Bedeutung zuordnen. Aus Furcht vor einem losbrechenden Redeschwall stellte ich dem Taxifahrer keine Fragen. Ich brauchte keine Informationen, während ich mich konzentrierte, und ich glaubte nicht, dass er sich besser auskannte als sein Smartphone, auf dem er ständig herumswitchte, vom Navi zu den Kontakten, zu irgendwelchen News und wieder zurück zum Navi, damit er die Orientierung nicht verlor. Ich bemühte mich, nicht hinzusehen.

Die warme gefütterte Jacke, die ich trug, schien mir einen gewissen Schutz vor den Unwägbarkeiten zu bieten, die mich erwarteten. Ich war entschlossen, mich ihnen auszuliefern.

Wie gesagt: Ich bezweifelte, dass der Galerist anwesend sein würde. Sollte er es sein, würde ich ihn sicher erkennen. Dass sich der Einbrecher oder Dealer ausgerechnet heute unter die Besucher mischen würde, wäre ein großartiger Zufall, aber da ich ihn aller Wahrscheinlichkeit nach nicht kannte, würde ich ihn auch nicht identifizieren.

Beim Frühstück vor meiner Abreise hatte ich mich bei Marie-Noëlle für mein grobes Verhalten am Vorabend entschuldigt und es einigermaßen glaubwürdig auf den Jetlag und die Entdeckung des Einbruchs geschoben; sie schien meine Entschuldigung ebenso zu akzeptieren wie den vermeintlichen Grund.

Wir hatten uns mit einer Umarmung wie zivilisierte Menschen verabschiedet. Ich war erleichtert, und sie war es vermutlich auch. Diese Versöhnung sollte unserem Zusammenleben in den folgenden Monaten der Quarantäne zugutekommen. Der unschätzbare Vorteil, unsere problematische Gemeinschaft auf mehrere Hektar Land und ein großes Haus aufteilen zu können, tat ein Übriges.

Der junge Angestellte begrüßte mich mit einem schiefen Lächeln. Weder machte er Anstalten, hinter dem Desk aufzustehen, noch öffnete er den Mund. Dennoch war er nicht unfreundlich. Er hielt sich während meines ganzen Besuchs im Hintergrund, wo er hin und wieder versonnen in seinen Laptop tippte. Sein Blick verschwamm hinter starken Brillengläsern.

Die Galerie erstreckte sich über die gesamte Fläche des Vorder- und Gartenhauses, in das man über einen mit Terrakottafliesen belegten Hinterhof gelangte. Mehrere hoch aufgeschossene, geschlechtslose Skulpturen, die dort der Witterung ausgesetzt waren, erinnerten an Giacomettis Strichmännchen, waren jedoch knallbunt bemalt; der Name der Künstlerin war mir nicht bekannt. Es waren die einzigen ausgestellten Kunstwerke, die nicht von Frank stammten. Ich nahm an, dass sie immer hier standen. Man hatte sämtliche nicht tragenden Wände des Vorder-, Seiten- und Gartenhauses herausgerissen, wodurch eine beeindruckende Weiträumigkeit entstanden war. Die unverputzten Backsteinwände reflektierten das Tageslicht in warmen Farben, das von einer raffinierten künstlichen Beleuchtung unterstützt wurde, die sich dem einfallenden Tageslicht offenbar je nach Helligkeit anpasste; ich nahm an, dass sich die Jalousien abhängig von der Sonneneinstrahlung senkten, schlossen und wieder öffneten.

Ob die Ausstellung nach einem bestimmten Konzept geordnet war, blieb mir ein Rätsel. Die Hängung jedenfalls wirkte stimmig.

Ein Gemälde, das im mittleren Raum des Gartenhauses hing, zog meine Aufmerksamkeit sofort auf sich. Auf den ersten Blick war darauf lediglich eine realistisch gemalte grüne Hecke bei Nacht zu sehen, eine Wand aus Stämmchen, Ästen, Zweigen und Blättern, die über die Ränder des Bildes hinauswucherten, aber da war noch viel mehr: Himmel, Wolken, ein von frostigem Mondlicht beleuchteter Förderturm, Heimlichkeiten im Gebüsch.

Obwohl ich diese Szenerie nie so gesehen hatte, identifizierte ich die Umgebung unserer Kindheit auf der Stelle wieder. Ich blickte nicht auf irgendeine Hecke, sondern auf die Hecke, auf die wir als Kinder von unserem Balkon aus auf die Schrebergärten geschaut hatten, und auf das, was sich dort zwischen den Büschen an Unerlaubtem tat.

Ich glaubte, direkt in die Vergangenheit zu schauen, als wäre das Bild für mich gemalt, gestern oder vor fast einem halben Jahrhundert, auf den Zeitpunkt kam es nicht an. Ich erkannte nicht nur, was ich sah, ich sah auch, woran ich mich erinnerte.

Niemand außer mir und Frank kannte dieses Motiv, niemand außer mir konnte diese Ansicht wiedererkennen. Ein Beweis mehr für die Identität des Malers. Im Hintergrund ragte ein Förderturm auf, der damals – ich war mir sicher – nicht dort gestanden hatte, weiß bestrahlt vom Mond.

Das war nicht alles. Über die Hecke ragten zwei eng beieinanderstehende Menschen oder vielmehr deren Köpfe hinaus; mehr war von ihnen nicht zu sehen. Sie mussten hinter den akkurat geschnittenen Büschen auf einer Doppelleiter stehen. Ihre Augen blitzten scharf, ihre Lippen waren missbilligend aufeinandergepresst, es waren Karikaturen. Sie schauten streng zur Bildmitte. Ihre Haare hatten fast die Farbe der Büsche. Dort, wo sie hinsahen, knieten, wie ich nun entdeckte, zwei junge Leute in den Büschen. Sie waren nackt, ihre Gesichter waren nicht zu erkennen, unverkennbar war aber, dass ihre Körper sich berührten und dass sie sich küssten.

Frank hatte sich selbst gemalt. Frank war nackt. Der andere Junge, rechts, auch er kniend, hatte dunkles Haar. Er war ebenfalls nackt. Matteo, natürlich.

Die Haut schimmerte im Glanz des Mondlichts zwischen den Blättern.

Ich trat einen Schritt zurück. Zum ersten Mal dachte ich: Frank ist ein Genie. Ich dachte es im Präsens, als lebte er noch. Ich fühlte mich erleichtert, als hätte ich es ihm selbst gesagt.

Es würde den Rahmen dieser Erzählung sprengen, ginge ich auf jedes der vierunddreißig ausgestellten Gemälde ein. Eines aber kann ich mit Sicherheit sagen: Die Jahre, die seit der Entstehung dieser Bilder vergangen waren, hatten keine Spuren hinterlassen. Sie bezeugten, um ein großes Wort zu benutzen, die Gegenwart nicht weniger als die Vergangenheit. Sie würden noch viel mehr Zeit überdauern, als sie schon existierten, und bestimmt würde sich bald jemand finden, der sich gründlich mit Franks beziehungsweise Fs Werk auseinandersetzen und diesem den nötigen theoretischen Background geben würde.

Dass die Bilder von einem Mann stammten, schien offenkundig. Aber es kam wohl auch auf den Standpunkt des Betrachters oder der Betrachterin an. Eine Frau würde sicher anders denken und vielleicht das Werk einer Frau erkennen. Doch die auffallende Abwesenheit weiblicher Gestalten auf den meisten Gemälden schloss meines Erachtens Letzteres aus.

Glaubte ich, den Frank, den ich gekannt hatte, in gewissen Motiven auszumachen, so begegnete ich in der Fülle der Ausdrucksmittel einem Unbekannten. Ich hatte keine Vorstellung davon gehabt, wie gut er malte und wie breit das Spektrum seiner Kunst war. Wahrscheinlich hätte ich sie damals, als diese Werke entstanden, für altmodisch gehalten und darin den Grund gesehen, warum er keinen Erfolg hatte. Seine Bilder hatten nichts mehr mit seiner Anfängerbegeisterung für Polke zu tun, sie waren eigenständig, ja eigensinnig. Je weiter Franks Tod zurücklag, desto näher waren die Bilder an unsere Gegenwart gerückt. Zu seinen Lebzeiten hatte ich nicht nur ihren materiellen Wert nicht erkannt.

Als ich Schritte hinter mir hörte, wandte ich mich um. Ich war nicht mehr allein mit dem Angestellten. Eine junge Frau stand im Nebenraum vor einem anderen Bild und schien sich gut zu unterhalten, denn sie lachte über das, was sie sah: ein Hochzeitsbild. Verheiratet wurden keine erwachsenen Brautleute, sondern zwei Kinder, und obwohl der Junge in Jungenkleidern und das Mädchen in Mädchenkleidern steckte, war nicht klar, ob der Junge ein Junge und das Mädchen ein Mädchen war.

»Als hätte man es irgendwo schon mal gesehen, erlebt oder vielleicht geträumt, ein Déjà-vu«, sagte sie, als sie bemerkte, dass ich sie beobachtete. Dann kam sie näher.

»Toller Künstler. Gut, dass man nicht immer alles versteht. Es ist besser so. Solche Bilder mag ich. Man weiß nicht, wer der Künstler ist. Schade. Den würde ich gern kennenlernen.«

Ich schwieg. Ich nickte.

Sie machte ein Foto des Bildes, das sie zum Lachen gebracht hatte. Ich fragte sie, ob das erlaubt sei, und kam mir dämlich vor. Was ging es mich an. Sicher war es erlaubt.

»Jetzt sieht es ja keiner«, antwortete sie.

Ich hätte sie besser gefragt, worüber sie lachte, was fand sie so komisch an diesem Bild?

»Echt coole Bilder«, sagte sie, machte zwei Schritte zurück und blickte in die Runde. Sie entsprach überhaupt nicht meinen Vorstellungen einer Kunstinteressierten, einer Studentin etwa. Wie kam eine junge Frau wie sie dazu, morgens um elf durch eine Galerie zu spazieren? Da mir nichts unangenehmer ist, als aufdringlich zu wirken, fragte ich nicht.

»Wenn ich Geld hätte, würde ich eines kaufen, sofort. Ich habe den Eindruck, der Mann lebt nicht mehr. Was meinen Sie? Wenn er nicht mehr lebt, gibt es vielleicht nur diese Bilder.«

Sie sah mich an, sah in den Ausstellungskatalog, in dem sämtliche Bilder aufgelistet waren, und blickte dann wieder auf. Ich sagte nur, es seien wohl deutlich mehr als diese paar, so jedenfalls hätte ich in der Zeitung gelesen.

Sie ging weiter, ging an mir vorbei, ich ließ sie vorübergehen, ich blieb stehen.

Neben den kleinen Schildern, auf denen die Preise der einzelnen Werke ausgewiesen waren – sie bewegten sich zwischen fünf- und zwölftausend Euro, was mir für einen unbekannten Künstler doch recht hoch schien –, klebten etliche rote Punkte. Wer noch ein Bild des unbekannten Künstlers besitzen wollte, musste sich also beeilen.

Ich schritt Bild für Bild ab. Es gab ein Gemälde mit Rehen im Wald, zwischen den Bäumen lauerte ein Jäger, zu seinen Füßen ein Hund, der sich in einen blutenden Fleischfetzen verbissen hatte; das Tier, das sein Opfer geworden war, war nicht mehr zu identifizieren. Es gab ein Bild eines Vulkans, der ins Erdinnere explodierte, und absurderweise eine Kommode, einen kleinen Jungen und einen Kerzenständer mit sich riss.

Von den Zeichnungen, die er im Krankenhaus gemalt hatte, entdeckte ich nur die eine, die in der Zeitung abgebildet gewesen war.

Und dann stand ich vor dem Original des Bildes, das Frank von mir gemalt hatte. Es war natürlich nicht nur größer als auf meinem Laptop-Display, es war auch farbiger, vor allem aber war es auf rücksichtslose Weise aggressiv und maßlos. Es war ein Angriff, ein Exzess des

Intimen. Mir kam es vor, als wollte einen der Künstler zum Schweigen bringen, und tatsächlich verlor ich für einen Augenblick die Fassung. Es war, als erhielte ich einen Schlag in die Magengrube. Man muss es gesehen haben. Das Bild war pornografisch, obszön. Zum ersten Mal verstand ich jene, die in ihrer Wut – auf was auch immer – auf Bilder losgingen und sie zerfetzten. Zum Glück hatte ich kein Messer dabei. Wer weiß, was ich getan hätte.

Natürlich kann man Kunst weder richtig schätzen noch verstehen, wenn man deren Objekt ist. Man sollte es wohl gar nicht erst versuchen. Ich bin sicher nicht der Richtige, darüber zu sprechen oder zu verstehen, was ich da sah. Ich empfand das Bild jedenfalls als Angriff gegen mich, vor aller Welt, aus dem Hinterhalt.

Der junge Mann, der dastand und der ohne jeden Zweifel *ich* war, stellte schamlos sein erigiertes Glied aus (eine Hand umfasste das Glied, die andere Hand die Hoden), das übrigens keine Ähnlichkeit mit meinem Glied hatte. Wie auch, Frank hatte es nie gesehen. Ich war vierzig Jahre jünger, sechzehn, siebzehn, achtzehn. Körperwuchs und Gesicht mochten stimmen, der Rest war Hirngespinst oder Wunschdenken.

Wäre ich zur Entstehungszeit mit dem Bild konfrontiert worden, hätte ich Frank zur Rede gestellt und gefragt, ob ich seine Wichsvorlage sei. Ich hätte von ihm verlangt, das Bild zu vernichten, so wie ich es jetzt gern vernichtet hätte, weil ich die Energie, die davon ausging, unmöglich leugnen konnte. Und wenn er es nicht getan hätte, wäre ich handgreiflich geworden.

Da er mich nie gebeten hatte, ihm Modell zu sitzen, war ich nicht in die Verlegenheit gekommen, das Angebot abzulehnen. Vermutlich hätte ich zugesagt, wäre allerdings nicht bereit gewesen, mich vor ihm auszuziehen, und schon gar nicht, wenn ich gewusst hätte, worauf er hinauswollte. Worauf wollte er denn hinaus? Selbst wenn wir als Kinder im selben Bett geschlafen hatten – mal in meinem, mal in seinem –, hatten wir uns verlegen wie Erwachsene umgedreht, wenn wir unsere Pyjamas an- oder auszogen. Da er wusste, dass es zwecklos war, hatte er nie versucht, mich zu verführen.

Vermutlich hatte er mich aber heimlich beobachtet. Ich hätte dasselbe getan, wäre er ein Mädchen gewesen. Als er mir zum ersten Mal erzählte, dass er sich nur für Jungs interessierte, hatte er behauptet, schon immer gewusst zu haben, dass er schwul sei, schon mit zehn oder noch früher. Welche Rolle ich in seinen Schwärmereien gespielt hatte, war mir entgangen. Jetzt glaubte ich es zu wissen.

Es war unmöglich, dass Fremde mich heute auf dem Bild wiedererkannten. Aber war es völlig auszuschließen? Es war, als hätte jemand über meinen Kopf hinweg entschieden und gehandelt. Doch er war tot. Ich konnte nicht mehr mit ihm darüber reden. Wir konnten nicht mehr streiten. Ich konnte mich kaum mehr an sein Gesicht erinnern.

Warum nackt, warum ich, warum so? Wie lange mochte er an meinen Genitalien gemalt haben; so lange, bis er glaubte, ich wäre tatsächlich anwesend, er würde mich wirklich berühren, ich würde ihn befriedigen? Keine Ahnung. Ich wollte es nicht wissen. Ich wollte nicht wissen, was er sich heimlich – und dann ganz unverhüllt auf diesem schrecklichen Bild – von mir gedacht und wie er sich vielleicht nach mir gesehnt hatte, jedenfalls eine Zeit lang. Hatte ihn mein Anblick tatsächlich erregt? Ich war es nicht gewohnt, von Männern begehrt zu werden, weder offen noch heimlich. Solange ich es nicht bemerkte, konnte ich es ignorieren. Ich hatte es nicht bemerkt. Ich hatte es ignoriert. Ich war nicht der Typ, auf den Schwule standen. Das dachte ich jedenfalls. Wie konnte ich mir so sicher sein?

Was wusste ich schon von Homosexualität? Alles, was damit zu tun hatte, war mir ziemlich gleichgültig, so wie es mir immer schon gleichgültig gewesen war, ob jemand katholisch oder protestantisch war – außer es hatte mit Frank zu tun.

War es etwas anderes? Hatte er nicht nur gemalt, was ich sah, sondern darüber hinaus etwas, was ich in meiner Blindheit nicht erkennen konnte und was nur die sahen, die einfach mit der gebotenen Distanz ein Bild betrachteten? Ich erblickte nur mich in dieser kompromittierenden Situation; ich erfasste nicht, was sie bedeutete.

Er hatte das Bild gemalt, lange bevor wir uns am Ende seines kurzen Lebens wieder nähergekommen waren.

Vielleicht verbarg sich hinter dem Persönlichen etwas Allgemeineres, hinter der Oberfläche ein Abgrund oder zumindest eine Tiefe, die mir entging. Wohl als Folge dieses Gedankens dachte ich jetzt, dass weder die Nacktheit noch der Jerk off im Mittelpunkt des Bildes standen, sondern meine Einsamkeit; der Jerk off wäre also lediglich deren Ausformung.

Ich war aber nie einsam gewesen, ich hatte mich nie einsam gefühlt. Natürlich hatte auch ich als Jüngling hin und wieder vor einem Spiegel onaniert, welcher Junge tut das nicht? Frank hatte das Bild gemalt, als wir uns kaum noch sahen; er hatte keinen Einblick in mein Leben; alles, was er wusste, wusste er von unseren seltenen transatlantischen Telefongesprächen, die immer wieder gestört oder unterbrochen wurden. Mein Intimleben spielte darin höchstens eine untergeordnete Rolle.

Als ich nach Franks Tod zum ersten Mal nach New York kam, habe ich versucht, die Telefonzelle an der Canal Street ausfindig zu machen, von der aus er mich damals angerufen hatte, aber ich sah mich vergeblich um; entweder gab es diese Telefonzelle nicht mehr, oder ich hatte mich getäuscht und sie stand woanders.

Vielleicht hatte er auf diesem Bild etwas festgehalten, was so weit hinter mir lag, dass ich es nicht mehr nachvollziehen konnte, weil ich mich nicht erinnerte: Die Zeit vor Marie-Noëlle, vor meiner Berufswahl, vor der endgültigen Abnabelung von unserer Kindheit und den Schrecken, in den uns der Tod unserer Mütter versetzt hatte. Der Wegzug aus Bochum hatte uns für die Erinnerung an unsere Kindheit indifferent gemacht. Wir wollten nur weg, und als wir weg waren, klaffte ein Abgrund hinter uns.

Dann war das Bild gar nicht der Angriff, als den ich es empfand. Doch solange ich davor stand, würde ich mich mit meinen Überlegungen wohl hartnäckig im Kreis drehen. Ich brauchte Abstand.

Wie ein hinausgezögertes Echo wurde in diesem Augenblick hinter mir zuerst das Wort »Genie« und danach »Einsamkeit« ausgesprochen. Als ob das, was ich wenige Minuten zuvor gedacht hatte, von Gedankenlesern nachgeplappert würde.

Ich drehte mich um. Im Raum standen zwei Männer, die in den Anblick des Gemäldes mit dem Kinderbrautpaar versunken waren und sich leise, aber so deutlich, dass ich sie verstand, miteinander unterhielten. Einer der beiden war zweifellos Reinhold von Finck, den ich vom Foto auf der Website wiedererkannte. Lang und hager, mit eingefallenen Wangen, als hätte man ihm die Backenzähne gezogen, und einem strengen Bürstenschnitt hatte sein Auftreten etwas Martialisches. Vermutlich wirkte er anziehend auf Frauen. Dass er an jedem Finger einen Ring trug und seine Fingerknöchel tätowiert waren, milderte diesen Eindruck nicht, sondern verstärkte ihn noch. Er wollte auffallen. Er schien sein Äußeres nach dem Ideal eines Warlords in bestes Tuch gehüllt zu haben. Er wirkte einschüchternd, und ich sagte mir: Wer ihn davon hatte überzeugen können, die Bilder eines Unbekannten auszustellen, musste ihm gewachsen sein.

»Der Mann ist ein Genie, ohne Wenn, ohne Aber…«, sagte der Galerist, und der andere, ein mittelgroßer Mann in meinem Alter, der einen Akzent hatte, den ich keiner Nationalität zuordnen konnte, nickte und sagte: »Sie haben recht. Und man bekommt nicht genug davon.«

Seine Begeisterung – vermutlich besuchte er die Ausstellung nicht zum ersten Mal – konnte er nicht unterdrücken, auch wenn klar war, dass er kaufen wollte und sicher versuchen würde, den Preis herunterzuhandeln. Er wird kaufen, dachte ich, er wird mehr als ein Bild kaufen, nichts wird ihn daran hindern, am wenigsten die Preise. Wer weiß, wie reich er ist. Wenn er sehr reich ist, sind die Bilder ohnehin günstig. *Ja, er ist reich. Spürst du, wie reich er ist, Frank?*

Für einen Augenblick war es so, als stünde Frank neben mir wie damals, als wir die Polke-Retrospektive in Düsseldorf besuchten; sprachlos vor Glück über seinen späten Erfolg, so wie er damals sprachlos vor diesen Werken gestanden hatte, die mich mehr oder weniger kalt oder jedenfalls unberührt gelassen hatten, weil mich – wie mir erst später klar wurde – Bilder nur als Abfolge von Bewegungen und unterschiedlichen Einstellungen interessierten. Nicht ich schaffe die Realität, ich mache bloß Bilder von ihr; nie steht meine Wirklichkeit still, die Kamera hält fest, was sich bewegt. Ich bin kein Fotograf, als solcher bin ich kaum begabter als meine Söhne. Ich halte in Bewegung, was ich sehe. Ich friere die Bewegung nicht ein. Und ich tue nichts ohne das Einverständnis des Regisseurs, der in der Hierarchie selbst dann über mir steht, wenn er eine eingebildete Null ist. Nichts erregt mich mehr als der Moment, wenn der Regisseur in Frankreich »moteur« ruft und sich danach für Augenblicke alles auf den Fluss der Bewegungen konzentriert. Es ist ein sinnlicher, ja erotischer Moment.

Frank, du hast es geschafft! Du hast es geschafft. Jetzt steht dir nichts mehr im Weg, du wirst berühmt, wirst schon sehen, weit über Deutschland hinaus.

Meine Freude blieb natürlich unbemerkt. Ich sah, wie der Besucher mit einem dünnen Bleistift etwas in ein kaum handtellergroßes Notizbuch schrieb. Vielleicht war er nicht Sammler, sondern Kritiker oder Museumsdirektor.

Abgesehen von einem kurzen, prüfenden Blick, den der Galerist mir zuwarf, schenkten die beiden mir keine

Beachtung; in ihrer Welt spielte ich höchstens die Rolle eines Statisten. Wie hätten Frank und ich uns darüber amüsiert. Es beruhigte mich, dass keiner eine Verbindung zwischen mir und dem Mann auf dem Bild herstellte. Man erkannte mich nicht, und wenn ich behauptet hätte, dass der Mann, der vor ihnen stand, mit dem Jungen auf dem Bild identisch sei, hätten sie mir sicher nicht geglaubt. Nichts mehr davon war ich, ich war unkenntlich. In diesem Augenblick entschloss ich mich, das Bild zu kaufen. Ich wollte es aus dem Verkehr ziehen. Sobald ich es besaß, konnte ich damit tun, was ich wollte.

Ich durchquerte den Raum und ging zum Desk. Auf dem Weg dorthin fiel mir auf einem Bild etwas auf, das ich nicht einzuordnen vermochte. Später dann schon. Es flackerte auf und erlosch.

Als von Finck bemerkte, dass sich hinter seinem Rücken etwas tat, wurde er hellhörig und ließ seinen Besucher stehen. Er gesellte sich zu mir und seinem Angestellten, bei dem ich mich nach den Modalitäten beim Kauf eines Bildes erkundigt hatte; ich wusste tatsächlich so gut wie nichts darüber. Die Bilder, die wir besaßen, waren entweder schon dagewesen, als ich bei Marie-Noëlle einzog, oder sie hatte sie im Lauf der Zeit erworben, ohne mich zu fragen, ob sie mir gefielen. Sie gefielen mir durchwegs, ich hatte keinen Grund, an ihrem Geschmack zu zweifeln. Ob ich schon wüsste, welches? Ja. Ich hatte auf den Jungen gedeutet. Bildete ich es mir ein oder murmelte der Angestellte wirklich: »Der Wichser …?«

Da stand von Finck bereits neben mir. Ich versuchte ihn zunächst genauso zu ignorieren, wie er mich ignoriert hatte, und fragte den Angestellten, ob man über den Preis verhandeln könne.

Der junge Mann, der hier vermutlich nur volontierte, wandte sich hilfesuchend zu seinem Chef um. Der stellte sich vor, gab mir die Hand und bekundete knapp und verbindlich seine Freude an meinem Interesse.

»Was den Preis angeht, werden wir uns schon einig.«

Dass es üblich ist, beim Kauf von Bildern zu handeln, wunderte mich nicht. Galeristen sind in erster Linie Händler.

Während er mich zu meinem Bild begleitete, was mir höchst unangenehm war, schien er sich kleiner machen zu wollen, als er war, was ihm natürlich nicht gelang. Ich wiederum versuchte meine Verlegenheit zu überspielen und hoffte, er würde nicht zu einer Interpretation dessen ansetzen, was hier zu sehen war, aber genau das tat er, wenngleich, zum Glück, nicht besonders ausführlich. Er sprach von den toten Augen des Jungen (ich war kurz schockiert, so sah ich das nicht) und von den purpurnen Vögeln als Todesboten, die sich auf den Dargestellten stürzen würden, sobald der Betrachter sich umgewandt haben würde. Dass es sich bei dem Dargestellten um unseren Bruder – YOU, BROTHER! – Prometheus handelte, den Feuerboten und Menschenschöpfer, den die Götter aus der Welt schaffen wollten, damit sie allein groß blieben.

»Ich behaupte, das Bild ist ein Selbstporträt. Ich kann es nicht beweisen, aber ich bin davon überzeugt. Es ist ein Schrei – nach innen, nach außen …«

»Sie sprechen von einem, der bedroht wird. Von diesen Vögeln. Aber der Junge sieht in meinen Augen nicht bedroht, sondern verzückt aus. Und wie kommen Sie auf ein Selbstporträt? Wenn ich richtig verstanden habe, ist der Künstler noch immer anonym, oder wissen Sie, wie er aussieht?«

»Nein. Ich kenne weder seinen Namen noch sein Alter, ich weiß gar nichts. Ich weiß nicht, wie er aussieht.«

»Woher wollen Sie also wissen, dass es sich um den Künstler selbst handelt?«

»Interpretation gehört zu meinem Beruf wie Entdecken und Verkaufen.« Er lachte.

»Könnte es sich bei dem Künstler nicht auch um eine Frau handeln?«

»Nein. Eine Frau malt so was nicht. Oder jedenfalls nicht so. Nein, das ist ein Mann, dafür würde ich meine Hand ins Feuer legen. Vermutlich homosexuell. Ein Genie, wenn Sie mich fragen. In diesem besonderen Fall habe ich kein Problem mit dem Wort, es trifft zu.«

Ich insistierte nicht auf dem Naheliegendsten, dem Titel, der nicht auf Prometheus, sondern auf den Bruder des Künstlers verwies, nicht auf einen Stellvertreter, nicht auf einen Gott, sondern auf eine reale Verwandtschaft. Da ich mir sagte, dass noch genug Zeit bleiben würde, das Problem der Anonymität zu vertiefen und sie möglichst zu entlarven, ließ ich es bei seiner Überzeugung bewenden; er hatte ja recht, der Maler war keine Frau.

Ich kam mir ohnmächtig vor. Ich hatte keine Strategie. Ich sagte mir, ich hätte mich doch mit einem Rechtsanwalt beraten sollen, bevor ich hierherkam. Es waren meine Bilder, ich hätte es ihm jetzt sagen müssen. Ich war bestohlen worden. Ich hätte vermutlich von ihm verlangen können, die Ausstellung auf der Stelle zu schließen. Nicht nur die Bilder gehörten mir, sondern auch der Erlös aus den Verkäufen oder zumindest der Anteil, der mir zustand.

Niemandem war damit gedient, dass ich mich aufregte oder im Namen eines Toten sprach, den außer mir keiner mehr kennt.

»Es muss einen Vermittler geben«, sagte ich.

»Ja, den gibt es.«

»Und wer ist das?«

»Das darf ich Ihnen leider nicht sagen.«

»Und woher weiß ich, dass die Bilder nicht gestohlen wurden?«

»Gestohlen! Ich bitte Sie! Wozu? Die Bilder eines völlig Unbekannten, von dem niemand wissen konnte, wie sie aufgenommen werden würden, und schon gar nicht, ob sie sich auf dem Markt halten werden! Abgesehen davon, dass sich der Bestohlene ja melden würde, wenn er denn existierte. Nein, auf keinen Fall.«

»Und Sie sind sicher, dass noch mehr existieren?«

»Ich habe keinen Grund, daran zu zweifeln.«

»Aber Sie haben sie nicht gesehen?«

»Noch nicht.«

Er war nicht argwöhnisch, aber er wirkte etwas irritiert. Er sah sich nach dem anderen Besucher um, der sich in einem der angrenzenden Räume aufhielt.

»Es war nur so eine Idee«, sagte ich schließlich.

Ich war müde und wollte weg. Von Finck schien das zu bemerken und bot mir einen Kaffee an. Ich nahm das Angebot an. Er beauftragte seinen Volontär damit, der sich – sichtlich erleichtert, etwas mit seinen Händen anfangen zu dürfen – unverzüglich an der Espressomaschine zu schaffen machte. Ich war leer, erschöpft, entmutigt und nur noch darauf fixiert, das Bild zu besitzen, um frei darüber zu verfügen. Am liebsten hätte ich es abgehängt und mitgenommen, damit es niemand mehr sah. Doch die Ausstellung dauerte noch ein paar Wochen. Ich musste also warten.

Er wollte wissen, wie ich auf die Ausstellung aufmerksam geworden sei, wo ich lebte und was ich machte, er war neugierig und ehrlich genug, es nicht zu kaschieren. Er wollte aber nicht wissen, warum ich mich ausgerechnet für dieses Bild entschieden hatte. Hielt er mich für einen Sammler pornografischer Kunst?

»Ich wüsste gern mehr über den Maler. Eines Tages wird seine Identität sicher aufgedeckt werden. So ist es doch immer.«

Er nickte.

»Meistens. Ehrlich gesagt, frage ich mich manchmal, ob hinter der Anonymität nicht ein arrivierter Künstler steckt. Aber es kommen so viele infrage, dass ich diese Idee lieber nicht weiterverfolge. Sie führt zu nichts. Jedenfalls eine riesige Begabung, falls es ein Junger ist.«

»Oder ein Toter«, sagte ich und wartete auf seine Reaktion. Meine Bemerkung schien bei ihm nicht anzukommen. »Haben Sie sich schon überlegt, was es mit der Initiale auf sich hat?«

»Habe ich natürlich. Fündig geworden bin ich nicht. Wie auch? Es gibt in Deutschland etwa achthundertfünfzigtausend Familiennamen und fünfhunderttausend Vornamen. Das habe ich gegoogelt, das weiß man nicht einfach so.« Er lachte. »Es gibt also eine Million mit dem Anfangsbuchstaben F. Das ist mehr als ein Heuhaufen, das ist ein ganzes Getreidefeld, wenn man nach einer Stecknadel sucht.«

Erst auf dem Rückflug am selben Abend fiel mir wieder ein, was ich beim Besuch der Galerie aus dem Augenwinkel lediglich registriert hatte, ohne einordnen zu können, wo es hingehörte: Ein roter Stoff auf einem der Bilder, aber ich erinnerte mich nicht, auf welchem. Rot oder ähnlich rot wie das Seidenband, das ich bei der Remise gefunden hatte. Ich hatte es mir bestimmt nicht eingebildet.

Im Flugzeug konnte ich das nicht nachschlagen; der Katalog, in dem es abgebildet war, befand sich in meiner Reisetasche, die in der Gepäckablage zwischen anderen Taschen, Koffern und Mänteln verkeilt war. Ich würde mich gedulden müssen, bis ich zu Hause war. Ich schlief ein und wachte erst kurz vor der Landung wieder auf.

Wir waren uns schnell einig geworden. Ich würde das Bild, das ich reserviert hatte, zum festgesetzten Preis kaufen, die Galerie verpflichtete sich im Gegenzug, Transportkosten und Versicherung zu übernehmen. Ich hinterlegte meine Adresse und meine Kontodaten. Als von Finck meinen Namen hörte und fragte, ob ich der berühmte Kameramann sei, stellte sich heraus, dass er ein leidenschaftlicher Kinogänger war. Mein Name war ihm ein Begriff, was mir natürlich schmeichelte, er hatte viele Filme, bei denen ich für die Kamera verantwortlich gewesen war, gesehen und schätzte sie weit mehr der

Bilder als des »Drumherums der Handlung« wegen. Er behauptete sogar, meine Arbeit auch dann zu erkennen, wenn er noch gar nicht wisse, wer hinter der Kamera gestanden habe. Er gehöre nicht zu jenen, die das Kino noch während des Abspanns verließen oder beim Fernsehen weiterzappten, kaum war der Film zu Ende. »Der Film ist erst zu Ende, wenn die Leinwand hell oder der Bildschirm schwarz wird, was heutzutage leider nur noch selten der Fall ist.«

Er stellte mich dem anderen Besucher vor. Die Gleichgültigkeit meiner Arbeit gegenüber stand dem Mann, dessen Namen ich nicht kannte, ins Gesicht geschrieben. Einen Augenblick lang glaubte ich, ihn schon mal gesehen zu haben.

Aufgrund meines Ansehens verzichtete von Finck auf einen Vorschuss – oder waren Vorschüsse bei diesen Geschäften gar nicht üblich? Wir verabredeten, dass die Überweisung der achttausend Euro vom Crédit Lyonnais auf die Commerzbank erfolgen würde, sobald das Bild in Aix eingetroffen war, was spätestens zehn Tage nach dem Ende der Ausstellung der Fall sein würde, eher aber früher. Er prophezeite mir, dass das Bild in kurzer Zeit das Doppelte wert sein würde, mindestens.

»Rechnen Sie mit dem 30. März, dann hängt das Bild bei Ihnen, solange Sie wollen. Die Ausstellung schließt am 20. Danach werden die Verkäufe so schnell wie möglich abgewickelt.«

Dass ich das Bild nicht aufhängen würde, konnte er nicht wissen. Hätte er auch nur geahnt, dass ich plante, es zu zerstören, sobald ich es besaß, hätte er es mir sicher nicht verkauft, zumal er nicht darauf sitzen bleiben würde; ein anderer Käufer ließ sich bestimmt leicht finden.

Bis dahin und hoffentlich darüber hinaus würden wir, so von Finck, in Kontakt bleiben; falls Fragen auftauchten, stehe er zur Verfügung.

Vielleicht verlangte es dem Galeristen Respekt ab, dass ich mich ausgerechnet für dieses Bild entschieden hatte. Womöglich hielt er mich für einen Kenner, der sein Licht mit Absicht unter den Scheffel stellte.

Während mir bei der Arbeit kein Detail entging, keine Fernsehantenne, die in einem historischen Film nichts zu suchen hatte, keine Spuren im Schnee, wo niemand einen Schritt gemacht haben durfte, kein Bläschen im Mundwinkel des alten Schauspielers, erinnerte ich mich beim besten Willen nicht daran, ob irgenwelche Bilder in unserem Schuppen gerahmt gewesen waren. Mit welchem Geld hätte Frank sie rahmen lassen sollen? Eine aufgezogene Leinwand genügte, Rahmen waren viel zu teuer, zumal niemand die Bilder kaufte und er unaufhörlich malte, Bild um Bild. Das Letzte, worüber er sich Gedanken machte, waren kostspielige Rahmen.

In der Ausstellung jedoch waren alle Gemälde gerahmt. Das musste von Finck veranlasst haben, vielleicht der Dieb oder der Hehler.

Obwohl ich im Grunde nur wenig erreicht hatte, war ich beim Rückflug gelassener als beim Hinflug. Ich hatte vielleicht nichts erreicht – ich hatte mit dem Galeristen nicht über den Einbruch gesprochen und nichts über die Hintermänner erfahren –, doch ich hatte die Bilder gesehen, und ich war Frank nah gewesen, so nah wie seit Jahrzehnten nicht mehr.

Ich hatte den Galeristen nicht einmal gefragt, wann ihm die Bilder angeboten worden waren. Danach konnte ich mich natürlich auch schriftlich erkundigen, später. Aber natürlich war es nicht wichtig, den Zeitpunkt des Diebstahls auf eine Woche oder einen Monat eingrenzen zu können.

Jetzt, da er wusste, dass ich glaubwürdig war, und da ich wusste, dass er mich und meine Arbeit schätzte, stand einem klaren Wort nichts mehr im Weg – außer ich selbst. *Schauen Sie doch, der junge Mann auf dem Bild bin ich. Ich war sein Bruder, wir waren wie Brüder, als wir Kinder waren. Es war das Natürlichste von der Welt. Damals wussten wir nicht, was es für Frank bedeuten würde, erwachsen zu werden. Er würde sterben, weil er erwachsen war, weil er lebte. Er war außergewöhnlich.*

Hätte die Analyse einer Fachperson nicht mit Leichtigkeit den Beweis erbracht, dass die Leinwände und Farben alt waren, dass diese Bilder also schon vor einiger Zeit entstanden waren? Warum hatte ich von Finck nicht über die Identität des Künstlers aufgeklärt und ihm verschwiegen, dass er schon lange tot war; ein Satz hätte genügt, um alles zu verändern. Es wäre etwas ins Rollen gekommen. Ich hatte es nicht zugelassen oder zumindest nicht befördert. Es hätte nichts an der Einschätzung der Bilder geändert, lediglich die Seriosität des Galeristen wäre in Zweifel gezogen worden. Das war es nicht, was mich daran gehindert hatte, ihn damit zu konfrontieren, dass ein Delikt vorlag, das er unwissentlich und leichtfertig unterstützt hatte.

Eines Tages würde ich mich auf die Suche nach dem Täter machen, aber wo anfangen, an welchem Ende welchen Fadens beginnen, den ich nirgends erkennen konnte? Gemeinsam mit dem Galeristen würde ich schneller und leichter vorankommen. Ich brauchte einen Komplizen, um fündig zu werden, ich kam allein nicht weiter.

Ich würde Marie-Noëlle das Bild nicht zeigen. Ich würde es verstecken oder heimlich entsorgen. Ich würde sichergehen, dass es am Ende nicht erneut in falsche Hände geriet. Ich würde mir ein Teppichmesser besorgen, eine Feuerschale, Benzin oder Brennspiritus, Streichhölzer. Anzünden. Warten, bis nur Asche übrig blieb – und sie zerstreuen. Oder abwarten.

Ich entdeckte das rote Band erst nach mehrmaligem Blättern und eingehender Betrachtung der einzelnen Abbildungen, es handelte sich um einen kleinen Wimpel, ein Fähnchen, das schlaff am Mast einer Jacht hing, die kurz davorstand, auf der bleiernen Meeresoberfläche zu kentern. Die See war unbewegt. Noch berührte die Spitze des Wimpels das Wasser nicht, aber das würde innerhalb weniger Sekunden passieren, wäre das Bild kein Bild. Es hatte keinen Titel, aber natürlich dachte ich dabei unwillkürlich an *Meeres Stille, Todesstille fürchterlich*. Die Zeile hatte mir als Kind Angst eingejagt, obwohl ich das Meer außer auf Abbildungen nie gesehen hatte, vielleicht gerade deshalb. Auch Frank hatte das Gedicht gekannt. *Glatte Fläche rings umher.* Er hatte mir das Gedicht als Lied auf dem Kassettenrekorder vorgespielt.

Es schien dieselbe Farbe, aber nicht dasselbe Band zu sein. Zwischen der Entstehung dieses Bildes und heute lagen vier Jahrzehnte. Um die Gleichfarbigkeit zu bestätigen, hätte ich nun nach dem Seidenband suchen müssen, doch wie konnte ich wissen, wie gut die Qualität der Farbwiedergabe eines für die Galeriebesucher gratis ausliegenden Katalogs war. Die Farbe des Wimpels hatte nichts zu bedeuten. Die Farbe des Seidenbands war irgendeine Farbe, sie hatte nichts mit Frank und diesem Bild zu tun, vielleicht nicht einmal mit dem Einbrecher und seinen Komplizen. Das Band konnte von irgendwoher geweht worden sein, der Mistral kann, wie hier jeder weiß, gewaltige Kräfte entfalten.

Die Farbe des Wimpels hatte nicht mehr zu bedeuten als der blaue Himmel, der sich an diesem Morgen über Aix wölbte, und dem Himmel, der sich hinter dem Boot – auf dem übrigens keine Menschen zu sehen waren – bis zum Horizont ersteckte. Ich wusste nicht weiter. *Ohne Regung ruht das Meer.* Ohne Regung.

Ich musste die Abbildung lange betrachten, bis ich am Horizont die Insel erkannte. Es war anzunehmen, dass es sich bei den winzigen Punkten um Menschen handelte, vermutlich Gestrandete, die mit dem Boot dorthin gelangt waren, wo es keine Rettung gab; es waren keine Eingeborenen, sondern Fremde, die dort ausgesetzt worden waren. Vielleicht. Ich legte den Katalog zur Seite.

Am 17. März hatte Marie-Noëlle Geburtstag, wir wollten gemeinsam mit Freunden auswärts essen gehen, der Tisch in einem der besten Restaurants der näheren Umgebung war reserviert. Doch einen Tag nach der Reservierung, am 14. März, geschah das, was seit Tagen in der Luft lag: Kinos, Theater, Konzertsäle, Fachgeschäfte und Restaurants wurden geschlossen. Supermärkte und Bäckereien blieben geöffnet. Wer das Haus verlassen wollte, musste die Unaufschiebbarkeit und Notwendigkeit seiner Besorgungen und Bewegungen durch eine Erklärung auf einem Stück Papier nachweisen, wozu es in unserem Fall nie kam; wir wurden nie angehalten, wir mussten das Papier, das wir zuverlässig stets mit uns führten, nie vorzeigen.

Wir feierten also allein zu Hause. Der Lockdown bot den Kindern, die in Paris und London lebten, eine handfeste Entschuldigung, nicht erscheinen zu müssen; sie waren unsere unausgesetzten Streitigkeiten verständlicherweise leid. Dass es zu einer unerwarteten Versöhnung zwischen Marie-Noëlle und mir kommen sollte, erwähne ich hier lediglich der Vollständigkeit halber, es hat mit dieser Geschichte nichts zu tun, jedenfalls nicht unmittelbar.

Am 22. März kam es auch in Deutschland zum Lockdown. Zwei Tag zuvor – an einem Freitag – konnte man die Ausstellung mit Franks Bildern zum letzten Mal besuchen. Von Finck schrieb mir am Abend eine kurze SMS. Aufgrund der bedrohlichen Infektionslage hatten sich nur wenige Besucher zur Finissage eingefunden. »Alle mit Masken.« Dann kam das Wochenende.

Obwohl die Post weiterhin funktionierte, war ich nicht sehr zuversichtlich, mein Bild innerhalb der nächsten ein, zwei Wochen in Empfang nehmen zu können; da viel Arbeit auf die Post zukam, würde es wohl länger dauern. Die Nachrichten über die Situation der Pandemie in Deutschland verfolgte ich nur oberflächlich. Von hier aus gesehen, konnte sie keine schlimmere Wendung nehmen als eben hier und in Italien. Schreckensmeldungen und Schreckensbilder jagten einander, wer erinnert sich nicht daran.

2

Dass sich die E-Mails kreuzten, die von Finck und ich einander am Montag schrieben, war Zufall; solche Gleichzeitigkeiten können nichts anderes sein. Wir haben uns nie über diese Koinzidenz ausgetauscht, da die Angelegenheit zu wichtig war, um sich mit dieser Nebensache zu beschäftigen.

Wie Raketen schossen unsere Nachrichten hin und her, von mir nach Berlin und von Berlin zu mir. Sie kamen ohne Verzögerung an. Seine E-Mail auf meinem Rechner und meine auf seinem.

Kaum hatte ich die E-Mail abgeschickt, in der ich ihm schrieb, dass ich mein Bild mit Ungeduld erwartete, erschien im Eingang der Betreff: Verschwunden.

Auch wenn es abgedroschen klingt, ist es doch nicht unangemessen, wenn ich sage, dass das, was ich las, wie eine Bombe einschlug. Sie explodierte auf meinem Schreibtisch, direkt vor meinen Augen. Dass die Nachricht voller Tippfehler war, erwähne ich nur am Rande. Der Schreiber hatte allen Grund, in heller

Aufregung zu sein und nicht auf die Rechtschreibung zu achten.

Als von Finck kurz vor neun Uhr die Ausstellungsräume an der Linienstraße hatte öffnen wollen, war ihm sofort aufgefallen, dass etwas nicht stimmte. Es war zunächst nicht mehr als ein Geruch, der in der Luft lag; später war es schwierig zu benennen, was ihn stutzig gemacht hatte. Ein Geruch nicht nach Küche, nach Abfällen oder Frühstück, wie er sich in den Hinterhöfen je nach der Tages- oder Jahreszeit regelmäßig bemerkbar machte, sondern eine Ausdünstung nach der Anwesenheit von Fremden. Aber nur ganz flüchtig, nur eine Spur. So flüchtig, dass die Nase sich sogleich damit abfand. Doch der Galerist war alarmiert.

Er hatte, wie immer, wenn er den Innenhof betrat, den Schlüsselbund bereits in der Hand und den Eingangsschlüssel zwischen Daumen und Zeigefinger, um die Tür der Galerie aufzuschließen.

Er wollte den Schlüssel ins Schloss stecken und bemerkte sofort, dass sie nur leicht angelehnt war. Die Tür war nicht mit einem Schlüssel, nicht von ihm, nicht von einem Mitarbeiter, sondern von einem Dritten geöffnet worden, der sich mit »professioneller Gewalt Zutritt verschafft« hatte, wie er schrieb.

Der Hauptlichtschalter befand sich im Inneren an der rechten Wand. Nachdem er den Schalter betätigt hatte, sah er es: Die Bilder waren verschwunden. Alle Bilder waren weg. Alles abgehängt außer dem Ausstellungsplakat mit der stark vergrößerten Signatur des Künstlers F.

Er hyperventilierte. Er schnappte nach Luft. So hat er es selbst beschrieben. Er stand da, eine Minute, zwei Minuten, er wusste nicht, was tun. Dann sah er sich in alle Richtungen um. Als könnten die Bilder dadurch wieder an den Wänden erscheinen, schaltete er das Licht wieder aus und dann wieder an. Der alte Zustand ließ sich nicht herstellen. Dann wechselte er den Raum. Alle Räume waren leer. Er begann zu schwitzen. Keine Spuren von Vandalismus. Keine Schmierereien an den Wänden, keine sichtbaren Hinterlassenschaften. Die Wände, die er kürzlich neu hatte streichen lassen, waren weiß. Vielleicht würde die Polizei, die Spurensicherung etwas finden, was mit bloßem Auge nicht erkennbar war. Er jedenfalls sah nichts Verdächtiges. (Um es vorwegzunehmen: Sie fanden nichts.) All das schrieb er mir später, als er diesen ersten Moment für mich zusammenfasste.

Eine Anwandlung totaler Orientierungslosigkeit ließ ihn hoffen, dass sich die Bilder einfach im Lager stapelten, dass ein übereifriger Mitarbeiter die für heute geplante Arbeit bereits am Wochenende erledigt hatte, einer von denen, die sich durch Aktivität einschmeicheln wollten, also ging er ins Hinterzimmer, in den etwa dreißig Quadratmeter großen Lagerraum hinter dem Empfangsdesk (auf dem der neue iMac stand, den sie nicht angetastet hatten), aber auch dort war nichts außer dem, was niemand brauchte: Haufenweise alte Ausstellungskataloge, Prospekte, vergessene Regenschirme, Kartons mit Gläsern, Kartons mit vollen und leeren Weinflaschen, Chipstüten, Mineralwasser etc. (Er hätte es wissen müssen: Angestellte brechen keine Türen auf.)

»Die Bilder sind weg, alle weg«, schrieb er mir. Wem er noch schrieb, weiß ich nicht, ich kann unmöglich der Erste gewesen sein, eher seine Frau, sein bester Freund, sein Treuhänder, die Polizei und natürlich die Person, durch deren Vermittlung er an Franks Bilder gekommen war.

Er schrieb mir am nächsten Tag, dass die E-Mail-Adresse seiner Ansprechperson gelöscht sei. Sie existierte nicht mehr. Die Nachricht, die er ihr geschrieben hatte, sei als unzustellbar zurückgekommen. Er hatte nichts in der Hand, nichts Gültiges, nichts, mit dem sich etwas anfangen ließ, nichts außer dieser unbrauchbaren Adresse und einem erfundenen Namen, den ich hier nicht erwähnen werde. Er wusste nicht, wo die Bilder waren, die eben noch da gehangen hatten, und er wusste nicht, wo die restlichen Bilder waren. »Vielleicht existieren sie nicht.«

Ich konnte ihm nicht helfen. Ich wollte ihm gar nicht helfen. Ich hätte es versuchen können, indem ich ihm alles erzählte, alles über den Diebstahl – den ersten Diebstahl –, alles über Frank und mich und die vergessenen

Bilder in unserer Remise. Ich zog es vor, die Sache für mich zu behalten und mich zurückzuziehen. Ich hatte Frank auf meiner Seite, ihn und die Gewissheit, dass die Bilder eines Tages wieder auftauchen würden. Es fragte sich nur wann. In einem Jahr, in zwanzig Jahren oder erst nach meinem Tod.

Vielleicht würde sich der zweifache Dieb eines Tages bei mir melden. Daran, dass bei beiden Einbrüchen dieselbe Person – oder mehrere Personen – am Werk gewesen waren, zweifelte ich keinen Augenblick. Das Motiv blieb im Dunkeln. Sobald ich die Identität der Diebe kannte, kannte ich vielleicht auch ihr Motiv. Kannte ich sie nicht, blieb auch das Motiv im Dunkeln. Die Widersprüche klärte ich nicht, indem ich sie mir ständig vor Augen führte und zu enträtseln suchte; im Gegenteil, sie ergaben einen immer festeren Knoten, der sich nicht lösen ließ.

Wo waren während der Ausstellung die anderen Bilder gewesen, und wo waren sie jetzt? Wie hatte der Vermittler ausgesehen, bei dem es sich nicht notwendigerweise um den Haupttäter handelte? Ich hätte von Finck danach fragen können. Stattdessen brach ich den Kontakt zu ihm ab, ich blockte sogar seine E-Mail-Adresse, ich brauchte Luft.

Die Bilder blieben bis heute verschwunden, worüber ich nicht unglücklich bin. Sie sind dort, wo sie hingehören, geborgen im Zwischenreich der Anonymität.

Vielleicht wurden sie verbrannt. Es existieren die Fotos, die von Finck hatte machen lassen. Manchmal schaue ich in den Katalog. Am liebsten betrachte ich das Bild, das Frank von mir gemalt hat.

Hin und wieder gehe ich in den Schuppen hinüber. Ich setze mich dort auf die Fensterbank und schaue in die Leere, die mich schützend umgibt. Demnächst werde ich einen Stuhl mitnehmen, um bequemer zu sitzen.

Nichts ist mir mehr zuwider als wenn in einer Erzählung, in einem Roman, der Boden, auf dem sich die fantastische Welt bewegt hat, zuletzt mit dem historischen Besen so rein gekehrt wird, daß auch kein Körnchen, kein Stäubchen bleibt, wenn man so ganz abgefunden nach Hause geht, daß man gar keine Sehnsucht empfindet noch einmal hinter die Gardinen zu kucken.

E. T. A. Hoffmann

Dank

Für wertvolle Hinweise danke ich
Rose-Marie Gropp und Christian Aeby herzlich.

MIX
Papier | Fördert gute Waldnutzung
FSC® C014496
FSC
www.fsc.org

1. Auflage

Verlag Galiani Berlin

Covergestaltung Lisa Neuhalfen
Covermotiv Das Selbstvertrauen der Jugend, Acryl auf Leinwand

Lektorat Wolfgang Hörner
Gesetzt aus der Adobe Garamond Pro
Satz Buch-Werkstatt GmbH, Bad Aibling
Druck und Bindung GGP Media GmbH, Pößneck

ISBN 978-3-86971-294-9

Weitere Informationen zu unserem Programm
finden Sie unter www.galiani.de